明夷之國 第二期

—— 君子于行 ——

編繪：君不見

前文提要

傳說在很久以前，世界被兩位神祇「木之王」與「金之王」統治，祂們持續相爭，然而在九個太陽殞落以後，所有神祇均在世界上消失，只留下人類，和繼承了祂們智慧的巫覡。千年以後，「晉之國」的巫覡齊諧卻消滅了最後的一個太陽，令世界陷入一片混亂和黑暗。

「晉之國」國主的二公子連山無咎，天生有不能閱讀文字的缺陷，卻熱衷於研究古代神話，在太陽消失的那一天，他受到老師比輔的囑托，跟兄長阿慶來到一間破舊的博物館參觀，卻被偽裝成館長的巫覡追殺，在追逐之間，無咎受傷，昏了過去。

人物介紹

無咎

晉之國國主的二公子，天生沒有辨認文字的能力，看似蠢頓老實但又很會變通，沉迷於研究古代神話。

阿慶

晉之國國主的大公子，無咎的兄長，對金錢和美女異常執著，夢想是從商，喜歡斤斤計較，所有事情都要收費。

茅茹

齊諧的女兒，跟無咎和阿慶是青梅竹馬，夢想跟父親一樣成為巫覡，在太陽消失以後，變成了長有翅膀的蛇。

比輔

認為神祇仍然存在，跟友人發現了青丘森林中的遺跡，一邊對遺跡進行秘密研究，一邊提防巫覡，無咎的老師。

齊諧

晉之國的巫覡，知道很多前所未見的巫術，為晉之國帶來繁榮，但同時利用巫術控制了晉之國，消滅了最後的太陽。

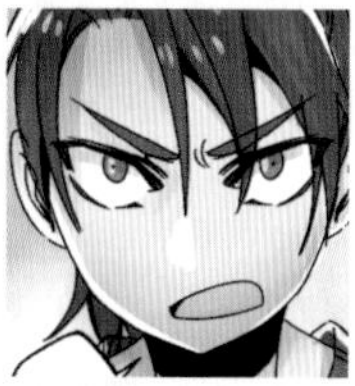

幽人

生活在青丘森林中村莊的少年， 由於個性很差，經常飽受村民私底下的非議，所以一直想逃離村莊。

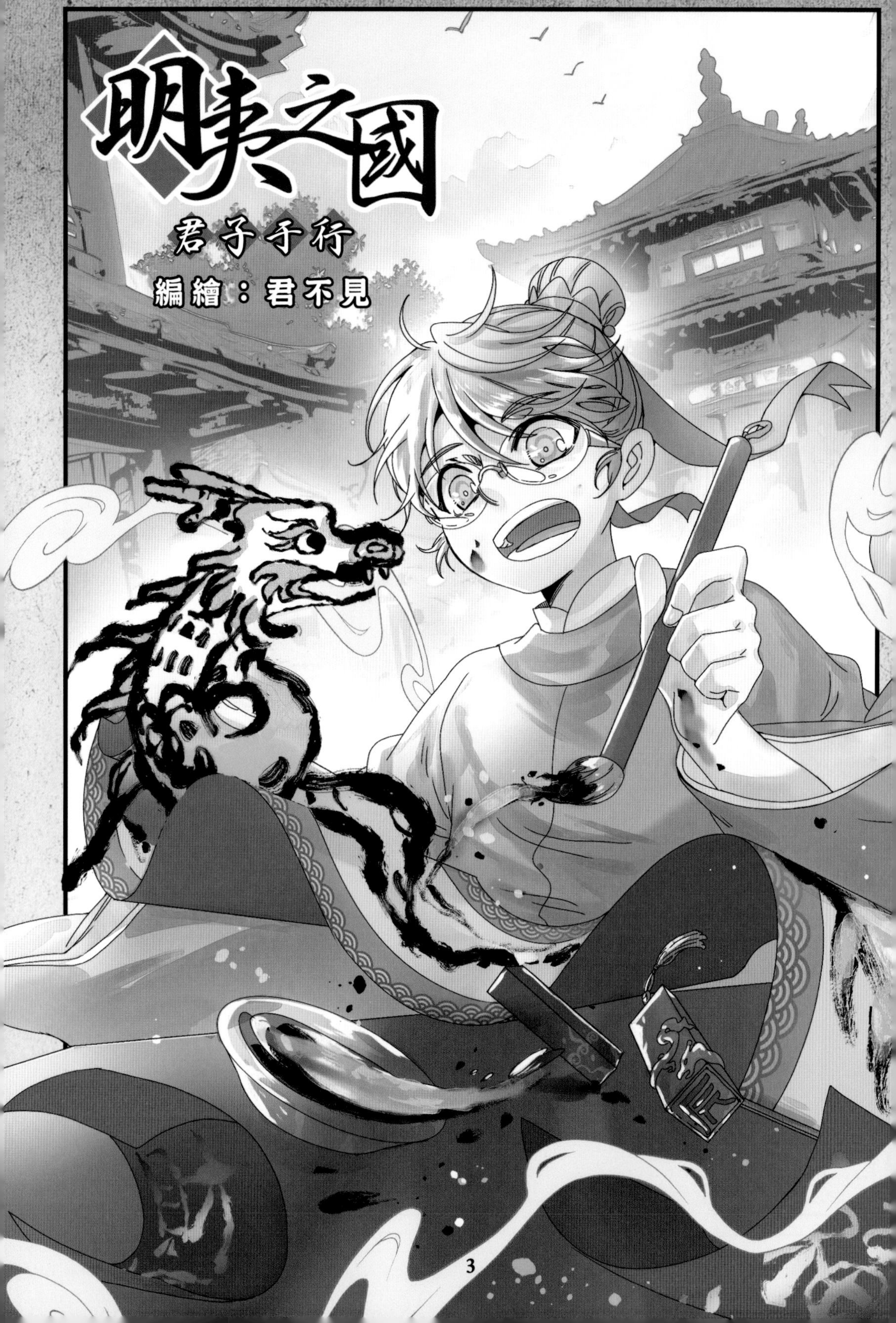
明夷之國
君子于行
編繪：君不見

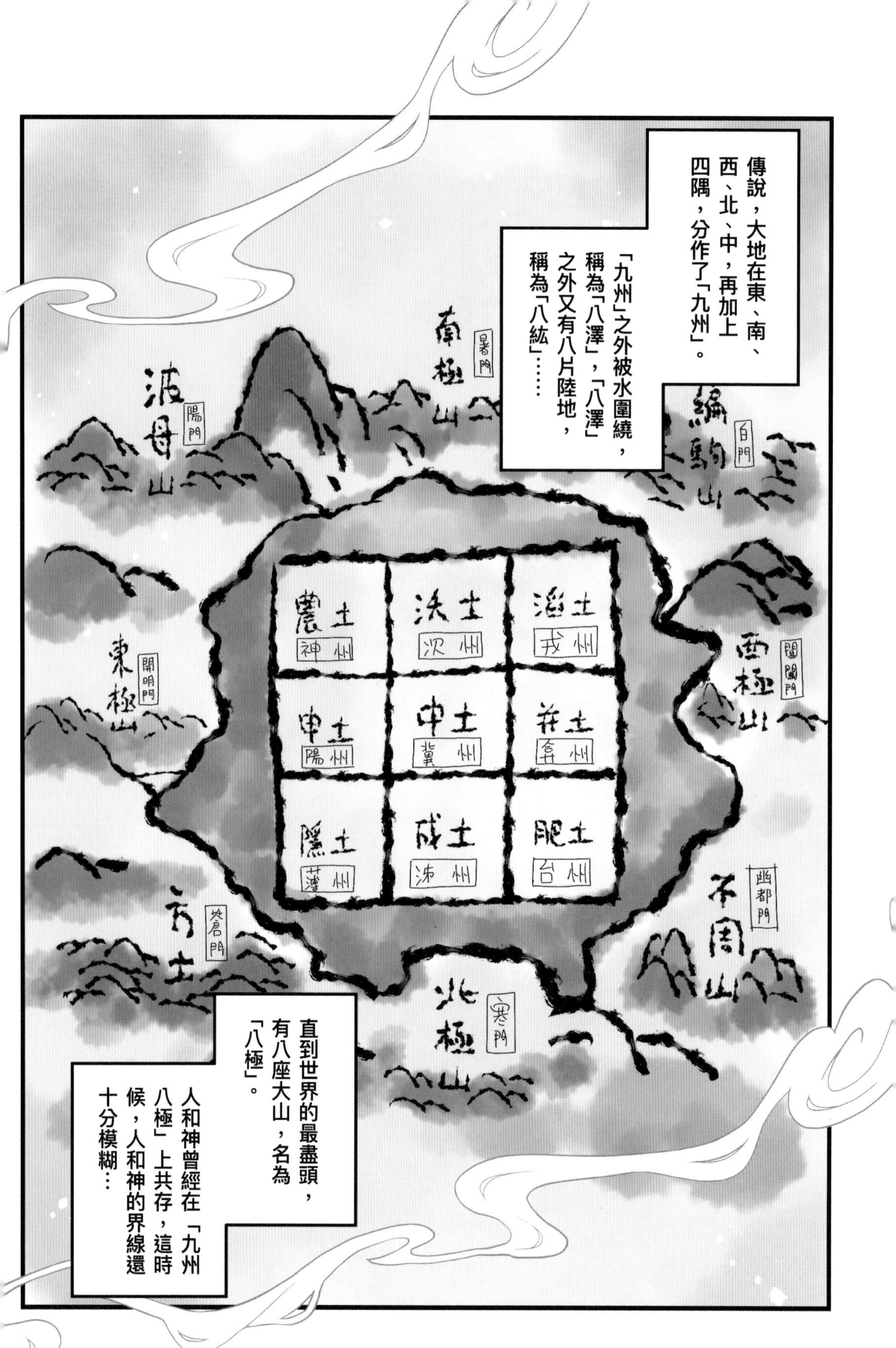
傳說，大地在東、南、西、北、中，再加上四隅，分作了「九州」。
「九州」之外被水圍繞，稱為「八澤」，「八澤」之外又有八片陸地，稱為「八紘」……
南極山
暑門
波母山
陽門
編駒山
白門
農土
神州
沃土
次州
滔土
戎州
東極山
開明門
西極山
閶闔門
申土
陽州
中土
冀州
并土
弇州
隱土
薄州
成土
泲州
肥土
台州
方土
蒼門
不周山
幽都門
北極山
寒門
直到世界的最盡頭，有八座大山，名為「八極」。
人和神曾經在「九州八極」上共存，這時候，人和神的界線還十分模糊……

在大地的某處，有一棵巨大的神木連接著天地，名為「建木」。
「建木」是天神連接人間的通道，天帝「木之王」通過「建木」，監察天地的運作的「規則」。
世界的運作建立在「規則」之上，山川、大地、動物、植物……
互不相干的事物，實際上會跟隨特定的規律來運作。
因為物質世界的事物由金、木、水、火、土五行之氣所組成，
故此，世界離不開五行的運行秩序。

事物之間的命運往往一早已經被注定好。
哪怕人類擁有智慧和創造力，看似能夠憑智慧作出不同的選擇⋯
甚至連神祇本身，擁有神通廣大的力量，也不能夠逃離世界無形的運作規律⋯⋯
事物看似「偶然」，實際上卻是「必然」，卻看似是「必然」，又是「偶然」⋯⋯
如果給予這一套規律一個名稱，那就是—
「道」

「道」雖無形，卻有跡可尋，命定之人會無意之中跟隨特定的規律而走。
一直以來，樹木代表「仁道」，也是「王道」。
從前有一位姜姓的少女，偶然到達了「建木」，不久後就懷孕生下一個孩子。
人們相信那個孩子是「木之王」的後代，那就是連山氏的祖先。
後來他也如同樹木一般，努力不懈地向上生長，然後變成其他人的庇蔭⋯
以仁慈之心平等地對待所有人，直至被眾人認定為共主。
所以樹木的「仁道」，也是連山氏的「道」。

樹木是「甲」，是十天干的第一個參數，同時也是「王」的參數。
連山氏連每一代，均是如甲木般優秀，對於知識非常渴求，在特定的範疇之中取得成就。
連山氏應該是完美到可以引領眾人的存在……
如果連山氏是「甲」，那我就是「乙」，只是寄生在大樹底下的小草吧？
畢竟我這種人跟優秀……完全扯不上關係！
無咎，你知道自己闖了多大的麻煩嗎？

真的……非常抱歉！
晉之國的「太學」，作為第一學府聞名天下……
只要有能力，不問出身如何，均可以成為太學生。
加上這裡是禪讓制的國家，只要有能力，就有機會成為國主。
連山氏在過去數代成為國主，是基於被眾人認可這個大前提之下，
天生不擅長讀寫的我，成績經常吊車尾，跟其他人顯得格格不入……
因為我的存在，令大家質疑禪讓制的真實性……這些都是我的錯。

晉之國雖然作為共主，但是影響力大不如前……
聽說有好幾個國家，都已經放棄禪讓制，轉變成由單一個家族壟斷的統治方式…
通過不斷侵蝕周邊國家的土地來壯大，完全違反了「木」的仁愛之道……
因此父王也不得不依靠巫術的發展，來對抗他們的擴張。
同時……
要快點過去！
啊！
散落…
咦咦咦……
抱歉，你們的桌子太矮，我坐得不舒服，只好把腿伸出來了！
「禪讓制」也就說，如果派出子弟前來留學，也有機會被選為國主…

雖然我不太認為他們這種人會成功……
唉……真是幼稚，大家好好相處，真的有這麼難嗎？
可是我的確如同連山氏的污點一樣，我的缺陷很容易成為目標，
大概只要有一點把柄被捉到，就會被無限放大吧！
那是你寫的嗎，字醜得像塗鴉……
嘩啊，不快一點的話，比輔先生會罵我的！
喂你……
嘖……
我可以做到的，大概只有無視和忍耐吧！

當然，他們不會輕易放過我……
你們這些傢夥，到底有完沒完！
我說錯了嗎，他就是靠作弊進來「太學」！
真搞不懂你們，為什麼還不取消「禪讓」，還真是虛偽！
茅茹，算了，我們到別的地方去，別跟他們計較……
我是弱小……
欺負弱小這種不光彩的事情，
連我都替你們的父母到感到丟臉！
哈哈，令父母感到丟臉…應該不是在說我吧！
……
比起某個文盲，連書都不會看，還夠膽來學校…
對了，你的大哥也整天只想著要當低賤的商人！
連山氏出了你們這些癈物，你們的父母，才會失望透頂！

忍耐，要忍耐…
「連山」已經衰落了，聽說連你們的母親，也拋棄你們離開了這個國家…
連我們「歸藏」也知道，晉之國能夠依靠的只有巫術了！
茅茹小姐，沒必要跟這種人混在一起！
不如勸一勸齊大人放棄晉之國，到我們沛州來吧！
我有點生氣了…
嗯？
茅茹，借我一下。
嘩，這是甚麼！
咳咳咳咳！

太好了，我的超強力癢癢粉一定可以令你們生不如死！
結果就是闖禍了！
啊啊啊啊！
好癢好癢好癢好癢！
甚麼，超強力…？
國主陛下，我家少爺因為令公子的關係而臥病在床。
相信需要休養一段長時間，請允許我們回到北方去吧！
今天發生的事情，我會如實地向歸藏氏的國主報告，相當他不會輕易地罷休的！
無咎，寡人明明告訴過你，任何細小的錯誤都有機會成為別人的籍口……
你難道連忍耐一下都做不到嗎？
抱歉
夠了，寡人會去問一問比輔，他到底教了你些什麼東西！
咦！

明天歸藏的公子就會離開…鄭重地給他們寫一封道歉信送過去！
今天之內，把你至今跟他學過的東西全部抄一次！
退下吧！
係！
探子回報，南邊次州有兩個小國有反叛的動向，有需要派兵個去討伐嗎！
不行，出師要有名，貿然出手是違反仁道不能夠使人順服！
他們越來越不把寡人這個共主放在眼內了！
「仁」道…
…是甚麼？

難道就是要毫不反抗嗎？
無咎哥，我們一起玩吧！
啊？
不行，如果不能夠在子時之前完成，又會被父王責罰⋯⋯
而且我還要給歸藏那邊寫道歉信⋯⋯
明明就是那些混蛋的錯，為什麼受罰的會是無咎哥！
醫師說他們的傷根本就不嚴重，那些傢伙只是在裝模作樣！
不，整理一下曾經學過的內容，對我來說也是好事！

不過你寫的東西真的很抽象呢，按照這個進度，今天之內不可能抄得完的！
我對文字沒有什麼辦法，只可以盡量按照字形來描繪……
無咎哥，這件事都是我不好……
吃個包子，冷靜冷靜…
都怪我不夠冷靜，給父王添麻煩了，這樣的懲罰已經非常輕微……
不，這個本來就是我的錯！
慶哥，茅茹……你們一直追尋的理想是甚麼？
唔？

廢……廢話，錢！當然是錢！
只要有錢，就可以吃很多美食！
結識很多漂亮的大姐姐！
哈哈哈哈！
錢就是我的生存動力！
俗！
我居然會試著為這個人辯解……
但我知道爸爸所研究出來的巫術器具，改變了晉之國…甚至改變了世界……
茅茹也想跟他一樣，將來用巫術來幫助很多人！
茅茹我倒沒想那麼多呢！
雖然爸爸不太喜歡我接觸巫術…

決定好了，茅茹一定會發明很多巫術器具，幫助無咎哥認字！
哈哈哈哈……
想不到小鬼妳的目標如此偉大呢！
茅茹會加油的！
我只是很喜歡神話而已，沒有想那麼多…
為什麼我生在連山氏，卻偏偏擁有缺陷呢？
如果萬事萬物也離不開「道」的安排，
我存在的原因，真的是代表了連山的衰落嗎？

做你想做的事情就好！
你這傢夥求知欲旺盛，雖然不擅長寫字，卻比起任何人努力呢！
不要想那些有的沒的！
我倒不介意幫助你，誰叫我是你大哥呢！
首先這些塗鴉毫無美感可言，我不介意收錢，傳授你畫畫的技巧哦！
阿慶，你不是只會畫色圖嗎？
才沒有這回事呢！
……
讓我看看…
慶哥…
我是個商人，記得給我相應的酬勞哦！

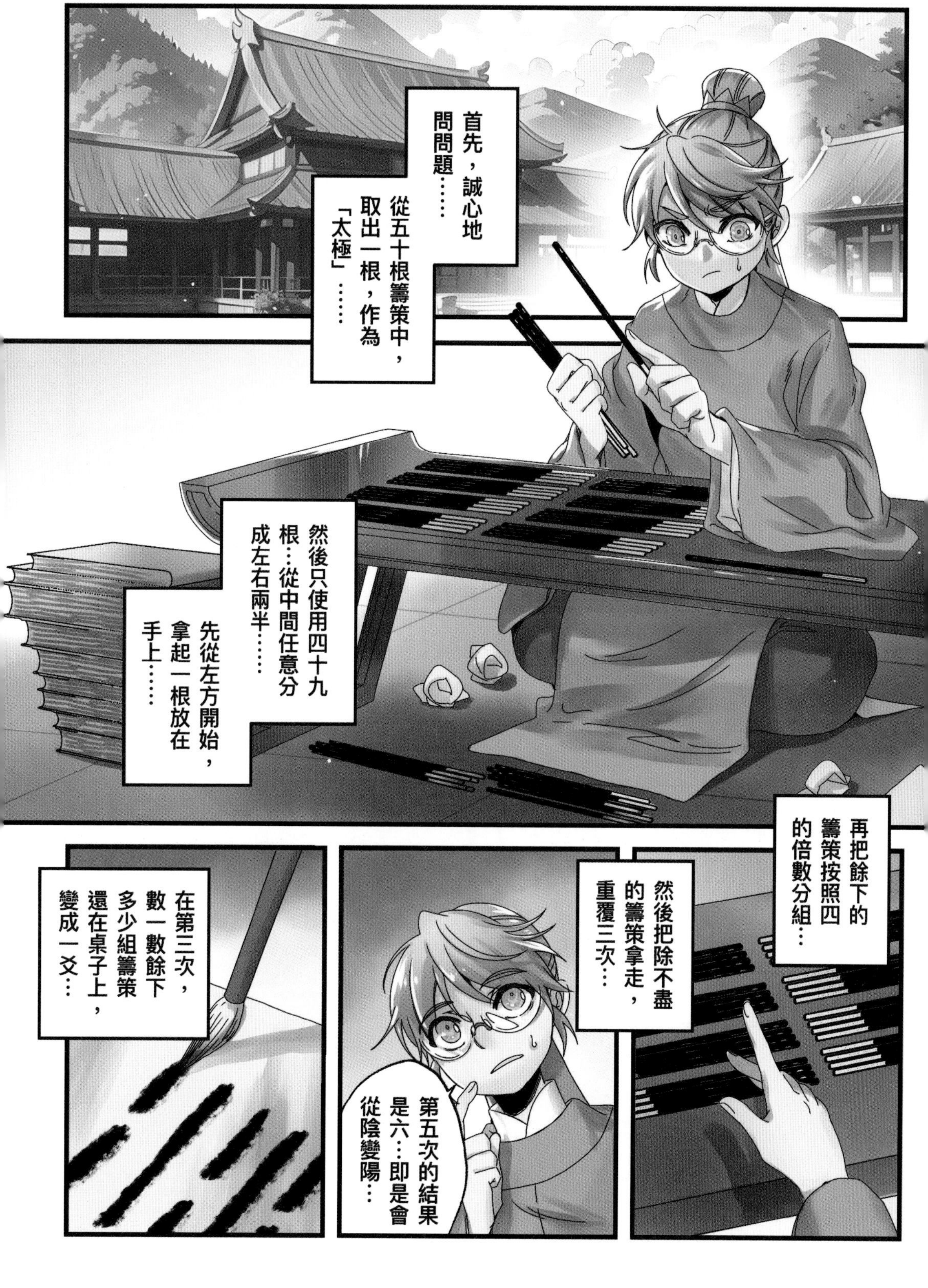
首先，誠心地問問題……
從五十根籌策中，取出一根，作為「太極」……
然後只使用四十九根…從中間任意分成左右兩半……
先從左方開始，拿起一根放在手上……
再把餘下的籌策按照四的倍數分組…
然後把除不盡的籌策拿走，重覆三次…
第五次的結果是六…即是會從陰變陽…
在第三次，數一數餘下多少組籌策還在桌子上，變成一爻…

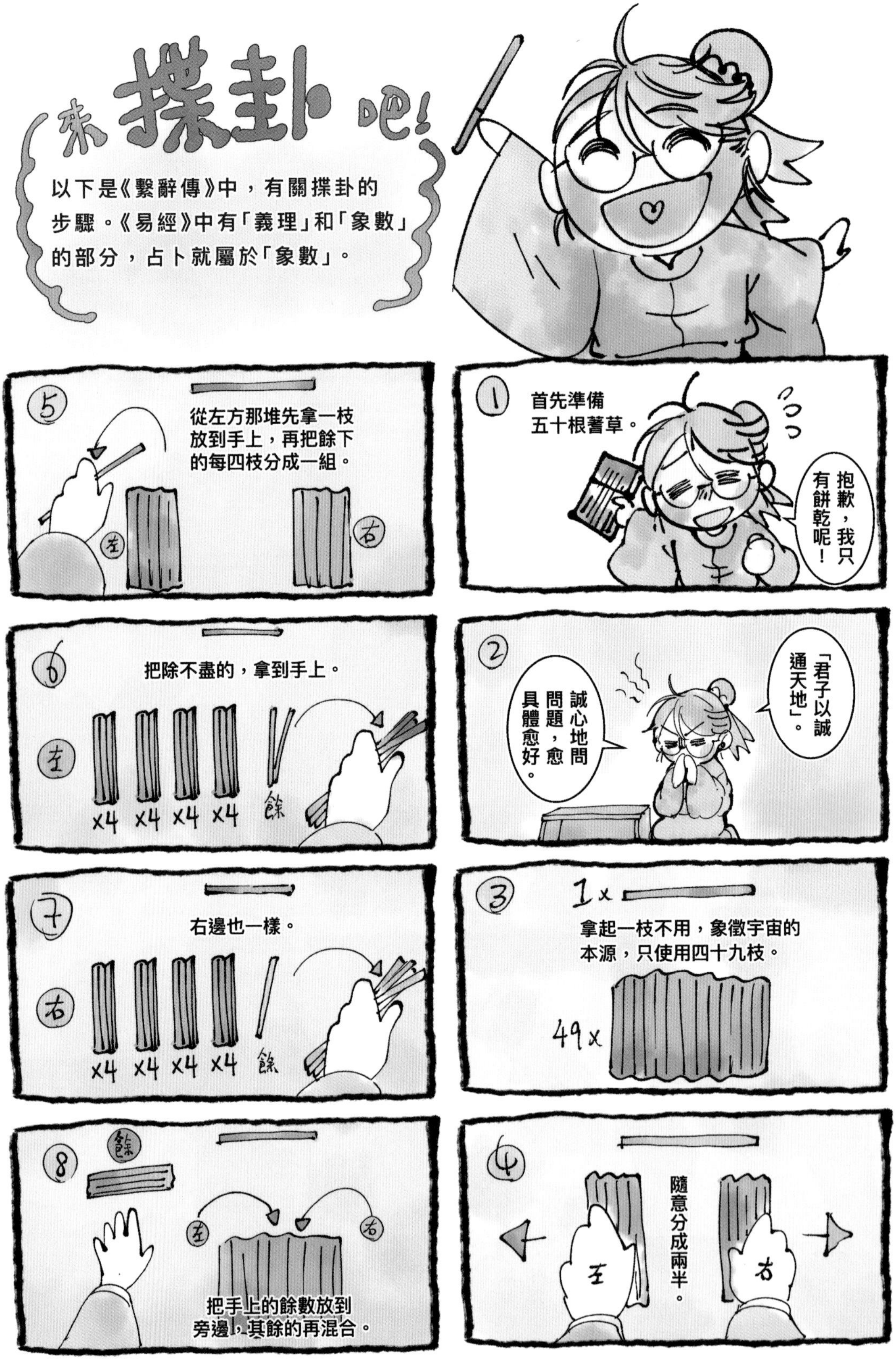
來揲卦吧！
以下是《繫辭傳》中，有關揲卦的步驟。《易經》中有「義理」和「象數」的部分，占卜就屬於「象數」。
①
首先準備五十根蓍草。
抱歉，我只有餅乾呢！
②
「君子以誠通天地」。
誠心地問問題，愈具體愈好。
③
1x
拿起一枝不用，象徵宇宙的本源，只使用四十九枝。
49x
④
隨意分成兩半。
左
右
⑤
從左方那堆先拿一枝放到手上，再把餘下的每四枝分成一組。
左
右
⑥
把除不盡的，拿到手上。
左
x4 x4 x4 x4 餘
⑦
右邊也一樣。
右
x4 x4 x4 x4 餘
⑧
餘
左
右
把手上的餘數放到旁邊，其餘的再混合。

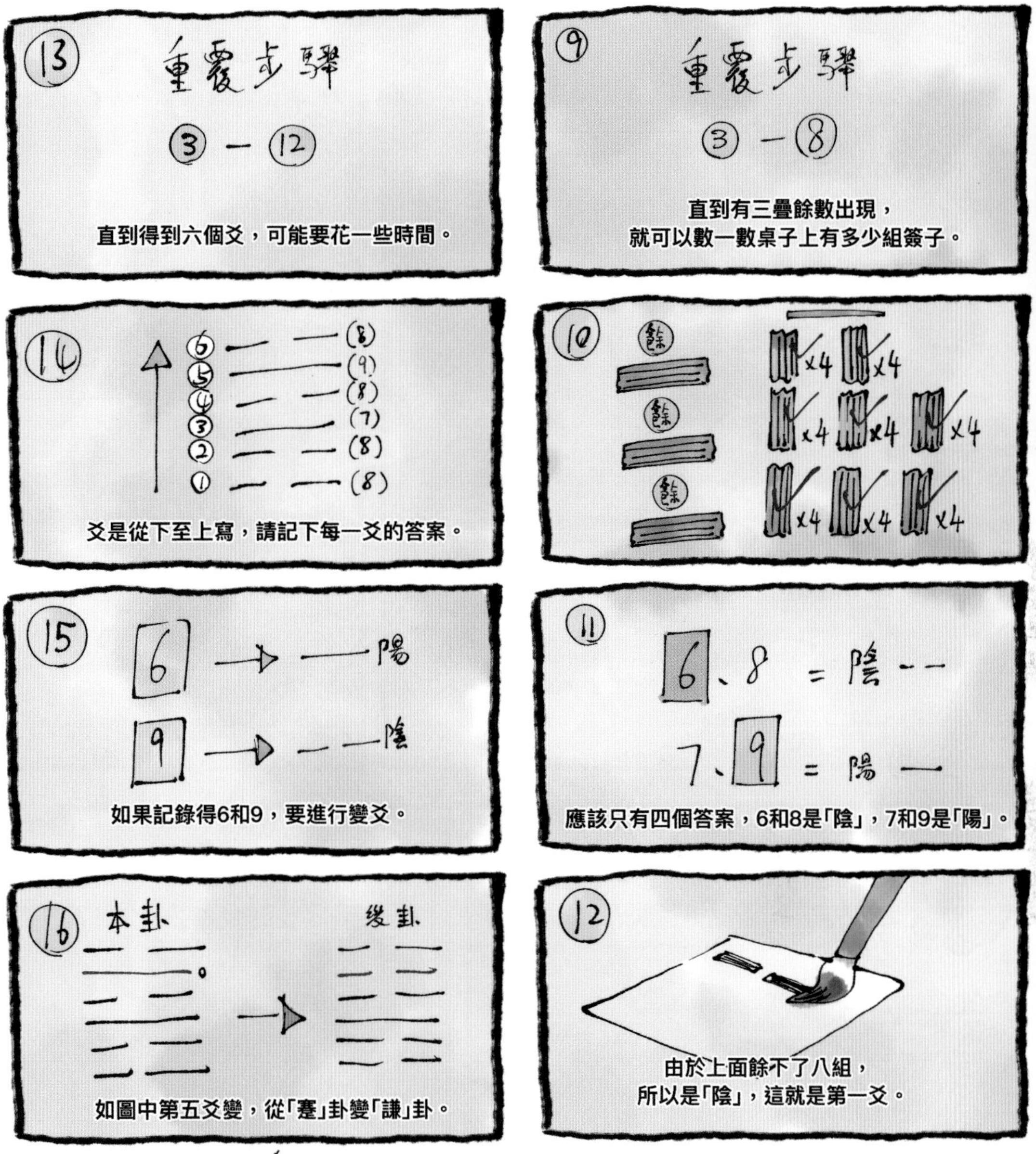
⑨
重覆步驟
③－⑧
直到有三疊餘數出現，
就可以數一數桌子上有多少組簽子。
⑩
餘
餘
餘
x4
x4
x4
x4
x4
x4
x4
x4
⑪
6、8 ＝ 陰 - -
7、9 ＝ 陽 —
應該只有四個答案，6和8是「陰」，7和9是「陽」。
⑫
由於上面餘下了八組，
所以是「陰」，這就是第一爻。
⑬
重覆步驟
③－⑫
直到得到六個爻，可能要花一些時間。
⑭
⑥ (8)
⑤ (9)
④ (8)
③ (7)
② (8)
① (8)
爻是從下至上寫，請記下每一爻的答案。
⑮
6 → 陽
9 → 陰
如果記錄得6和9，要進行變爻。
⑯
本卦
変卦
如圖中第五爻變，從「蹇」卦變「謙」卦。

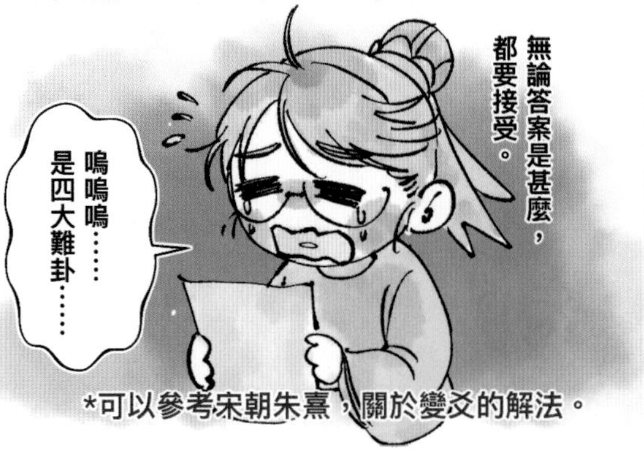
無論答案是甚麼，
都要接受。
嗚嗚嗚……
是四大難卦……

*可以參考宋朝朱熹，關於變爻的解法。

在卜卦時請留意三個原則：
1.不誠不占（誠心尋求答案）
2.不義不占（不可以問傷天害理之事）
3.不疑不占（不是有疑問就不要占）

問無聊的事情，會被上天懲罰的！
哇啊！
比輔先生，嚇死我了！
聽說你把欺負你的歸藏氏學生趕走了，我對你有一點改觀！
不要再說了，因為一時衝動，引起了很多不必要的麻煩！
結果抄了很多書，還要寫道歉信！
但是他們也許說得沒有錯…我大概就是不自量力吧！
喂，你太小看「太學」了！

比輔先生明明教過我甚麼是中庸之道……
無論遇到什麼事情，都盡量把情緒控制在中間點……因為情緒會左右理性的判斷……
可是他們說了母后和慶哥…我明知道事實並不是這樣…可是就是忍不住…
沒錯！那些混蛋應該要一早好好地教訓他們了！
反正都是要受罰，就不要便宜他們！
……中庸，中庸啊！
今天，他們出發之前，我把道歉信送過去了…
道歉？完全沒有這個必要！
撕…
我們離開是好事！
你還沒有看清楚局勢嗎，傻子！

水和山，這是一個「蹇」卦，代表前方等待着你的東西，是充滿了困難和危險…
馬上停止會比較好！
什麼！
嘖！
傻子…也想找到自己能夠做到的事啊…
拿起
占卜是「巫」的專利呢…
世上萬物都和「道」連接在一起，所以「道」對每一個人的命運自然有所安排…
…如果我的「道」充滿危險，真的能夠放棄嗎？
咳咳，卜卦什麼的只是參考而已嘛，不用太過認真！
我討厭「巫」。
可是你也說過，卜卦是測試「道」走向的最好方法…

你的第五爻改變了，從水山「蹇」變成地山「謙」，事情並不是沒有轉機！
給我看看清楚一點！
有沒有轉機也好，「蹇」也是代表了困難吧？
的確沒有錯……
說起來你剛才用來卜卦的東西…是餅乾吧，不要把地方弄髒！
方誌
卦象是用「陰陽」和「五行」的方式來呈現……
知道為什麼會跟「道」連接在一起吧？
呃？

道
宇宙
陽
陰
四季
五行
萬物
「道」雖然是「無形」，卻最後卻用「有形」的方式來呈現……
世界上的每一處都包含着「道」。
所以，萬物的本質，道是從「無形」開始。
無形的東西，包括「精神」。
「心」是當中的基礎！
五行本身有分陰陽，衍生為「十天干」，是遠古的十個太陽，把十個屬性從天上映照到大地。
甲
陽木
乙
陰木
丙
陽火
丁
陰火
戊
陽土
己
陰土
庚
陽金
辛
陰金
壬
陽水
癸
陰水
十個屬性形成了「有形」的物質世界，因此萬物均有分陰陽五行屬性。

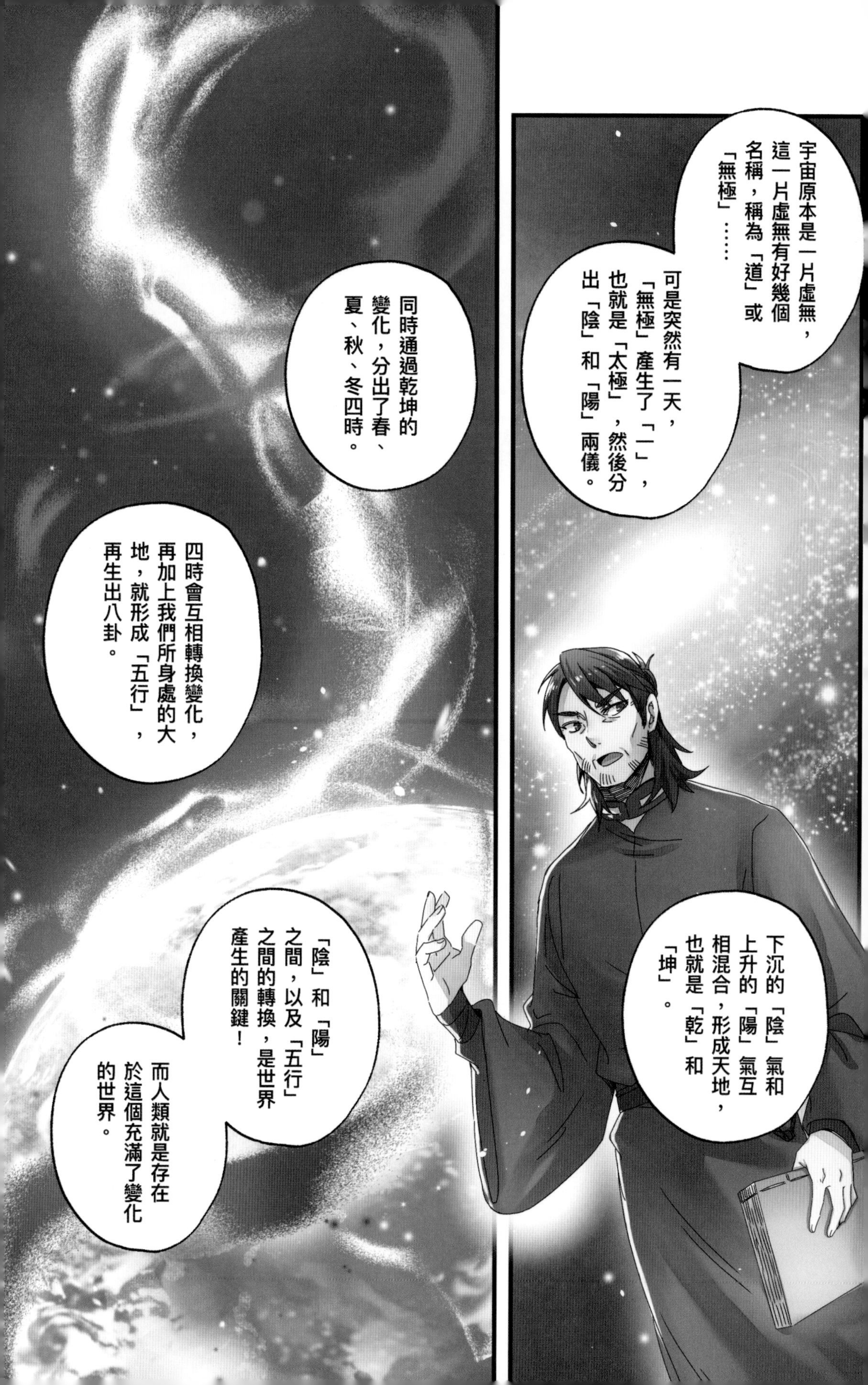
宇宙原本是一片虛無，這一片虛無有好幾個名稱，稱為「道」或「無極」……
可是突然有一天，「無極」產生了「一」，也就是「太極」，然後分出「陰」和「陽」兩儀。
下沉的「陰」氣和上升的「陽」氣互相混合，形成天地，也就是「乾」和「坤」。
同時通過乾坤的變化，分出了春、夏、秋、冬四時。
四時會互相轉換變化，再加上我們所身處的大地，就形成「五行」，再生出八卦。
「陰」和「陽」之間，以及「五行」之間的轉換，是世界產生的關鍵！
而人類就是存在於這個充滿了變化的世界。

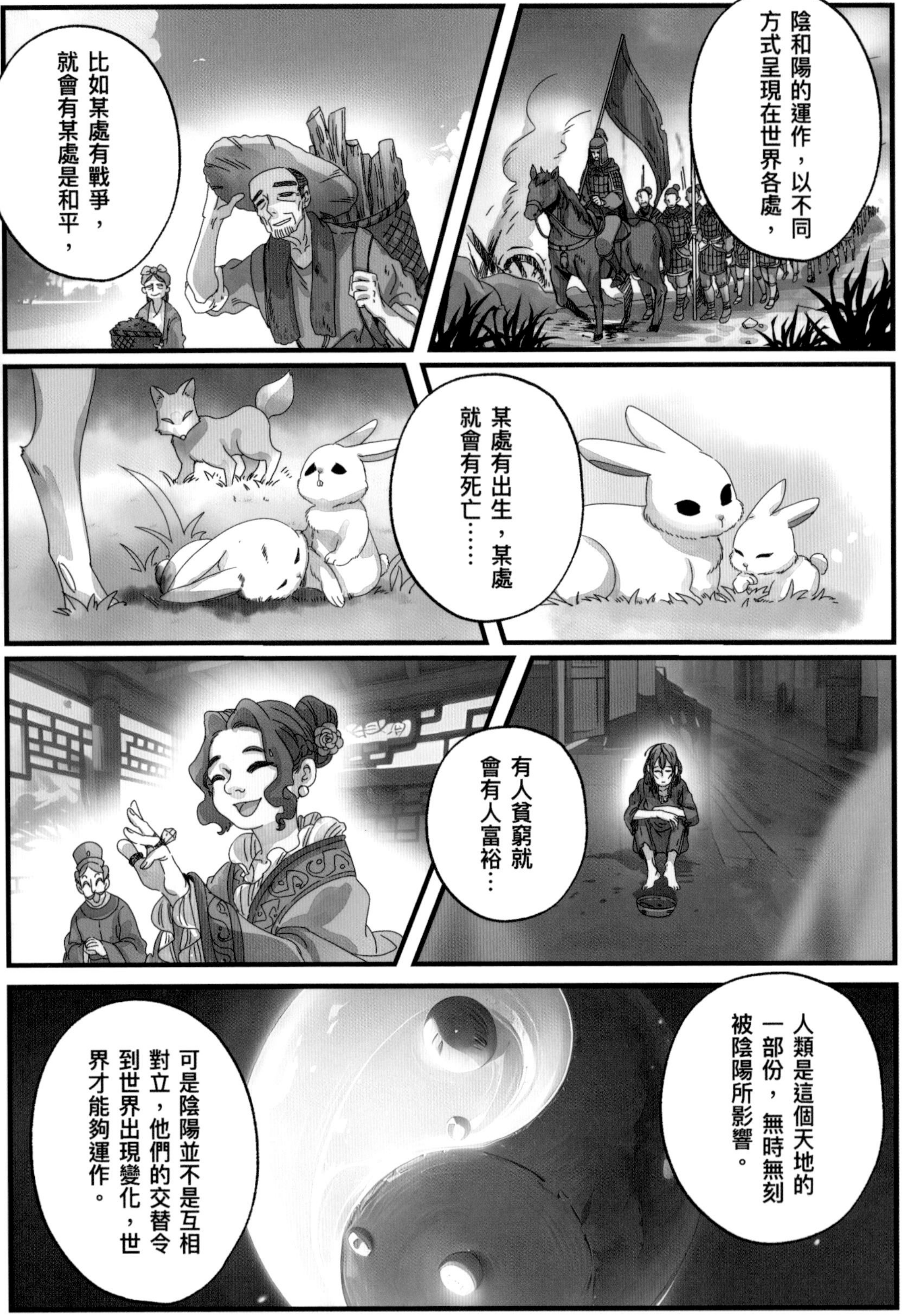
陰和陽的運作，以不同方式呈現在世界各處，
比如某處有戰爭，就會有某處是和平，
某處有出生，某處就會有死亡……
有人貧窮就會有人富裕…
人類是這個天地的一部份，無時無刻被陰陽所影響。
可是陰陽並不是互相對立，他們的交替令到世界出現變化，世界才能夠運作。

也就是說，這個世界本質上並不存在永恆不變的事物，因為變化就是世界的本質。
在陰陽法則的交替之下，哪怕是我們身處的晉之國，也不能夠永遠保持和平，甚至消失。
人類擁有吉凶的觀念，而想把美好的事物留住，
因此會把陽定義為吉，陰定義為凶⋯⋯
殊不知兩者缺一不可。
世道總會有「陰」的時候，並不需要害怕，只要把吉凶、好壞的觀念去除就行了！
去除？
關鍵是「心」！

事物之間有看不見的絲線互相牽引，錯綜複雜，環環相扣，當中有我們能夠改變，也有不能改變的事。
我們不會知道絲線的盡頭通往何處。
雖然外在的環境充滿了變化，可是我們卻能夠改變自己對於事物的看法！
是指心情嗎？
可是「心」這種東西，才是變化不定的吧？
沒錯，可它卻是你能夠控制！
天下無心外之物，有「心」的存在，世界才會存在！
因為人是用「心」來感受這個世界！

事物對你重要與否，或者是否對某件事情展開行動⋯⋯
雖然有時候會心情起伏，但最後作出決定的，是你本人，不是嗎？
卦象也只不過顯示出外在的環境而已，它並不能夠左右你的心！
你剛才的卦，變化成「謙」卦，缺陷使你變得謙卑！
能夠重視他人的感受！
夥伴？
也許⋯你眼中的缺點，並沒有你想像中的那麼壞！
你不是一直有很信賴的夥伴嗎？
保持謙卑的心，面對困難吧！
夥伴會幫助你的！

所以，「心」決定你想成為怎樣的人！
說起來國主陛下今天突然來找我，嚇了我一跳！
是…是我的緣故吧！
唔…不過他似乎不是來訓示你的！
世界漸漸變得險惡，
那個孩子太過仁慈，現在並不是單靠仁慈就可以生存的世界！
可是，寡人卻希望他能夠堅守這份純粹！
「或者他比任何人都接近連山氏的本質。」……他是這樣說的！
咦……真的嗎？

這本書……對比輔先生來說，是很重要的吧？
沒錯，你不是一直都想看嗎？
我也相信你，所以這個就拜托你了！
既然很重要，為什麼要交給我，我大概也不會看得懂吧？
不，你的話應該能夠看得懂！
沒辦法，我時間無多了！
時間無多是甚麼意思？
你聽著，那本書裏面的東西，是我畢生的心血，如果弄丟了，我不會放過你的！

「道」所按排給我的時間並不多……
有些事情無法親自完成，是頗可惜的！
比輔先生要離開嗎？
接下來的事情就交給你了！
我無法違抗這個世界的規則…
等等，我還有很多事情還沒……
記住，心可以決定「理」！

等等我，比輔先生，最少告訴我，你要去哪裡吧！
噠噠噠噠噠—
！
飄落…
呃？

傳說，太陽是十隻三足的黃金鳥……

可是，現在世上僅餘下一隻…

那麼…眼前這隻散發出明亮光芒的巨鳥…到底是…
陸……陸地上從未見過這種生物，牠是神祇嗎！
比……比輔先生！
是神啊，快過來看看啊！
！
可是……牠好像不太對勁……

您受傷了吧，我馬上找人來！
大家都去了哪裡？
會、會痛嗎，…您為什麼會突然出現在這裡呢？
伸手…
呃…那個…我沒有惡意，拜托，請不要亂動……

拍動……
嘩啊，請冷靜一點！
您不想其他人過來嗎？
！
嗚啊，還是您根本聽不懂我的說話？

飄落……
!
啊？
被羽毛觸碰到的地方，馬上生長出了植物！
難不成世上僅餘的太陽……是「木」屬性？

嗚啊！
呃！
比輔先生的書！
等等！
這樣下去，書會被植物掩埋……

請把那個還給我……
咚！
那是對比輔先生來說……很重要的東西……
比輔先生一直都想尋找……想尋找……
咦！

比輔先生畢生所尋找的黃金鳥，就在這裡……
可是，他也曾經說過尋找黃金鳥是不可能的事！
因為牠絕不能夠在這裡（地上）出現！
太陽只能夠存在於天上……不可落下到地面上來。

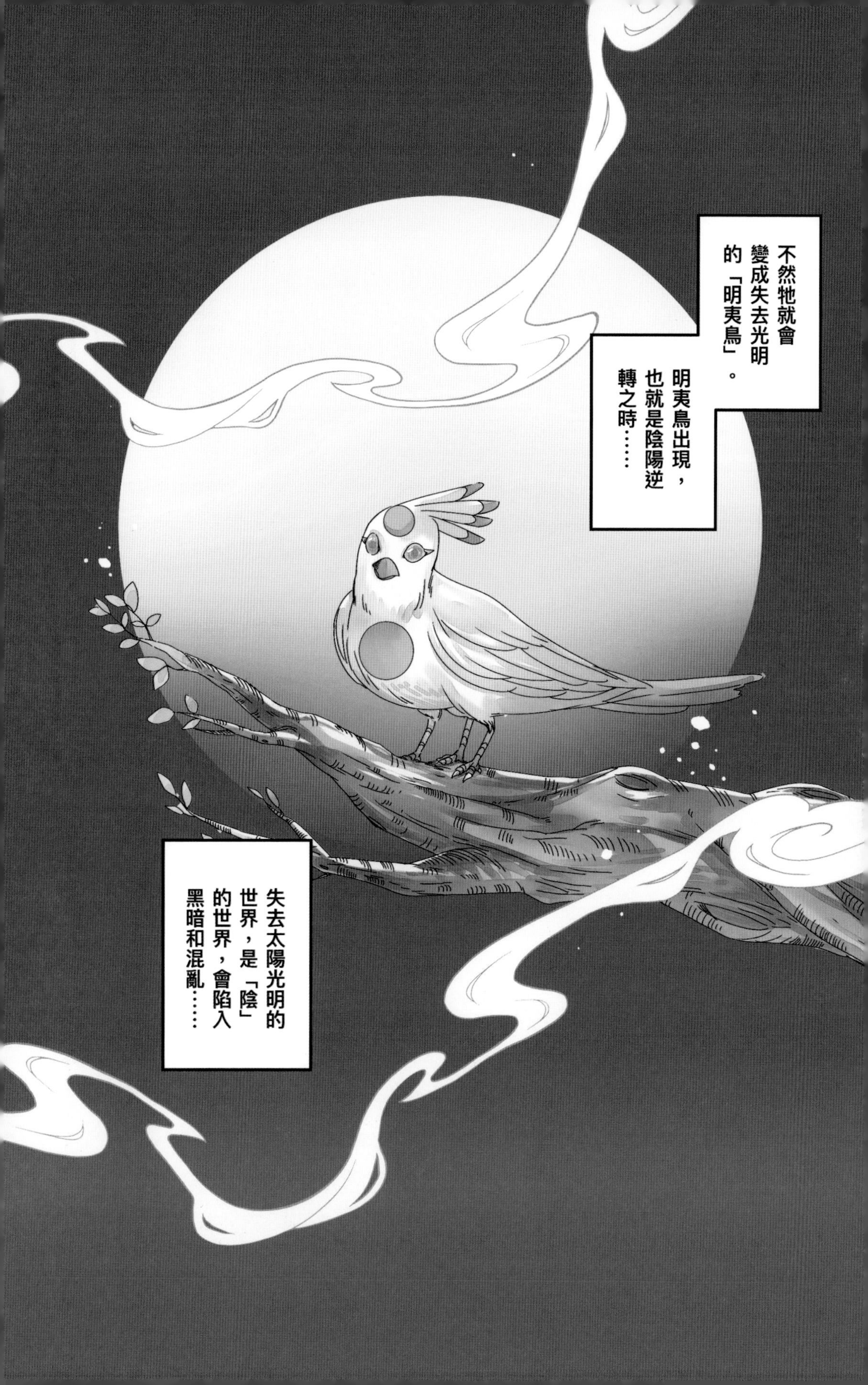
不然牠就會變成失去光明的「明夷鳥」。
明夷鳥出現，也就是陰陽逆轉之時……
失去太陽光明的世界，是「陰」的世界，會陷入黑暗和混亂……

晉之國的「晉」代表光明，希望黑暗永遠不要降臨這個國家……
可是根據「道」的運作規則，世上真的會存在永遠不變的事物嗎？

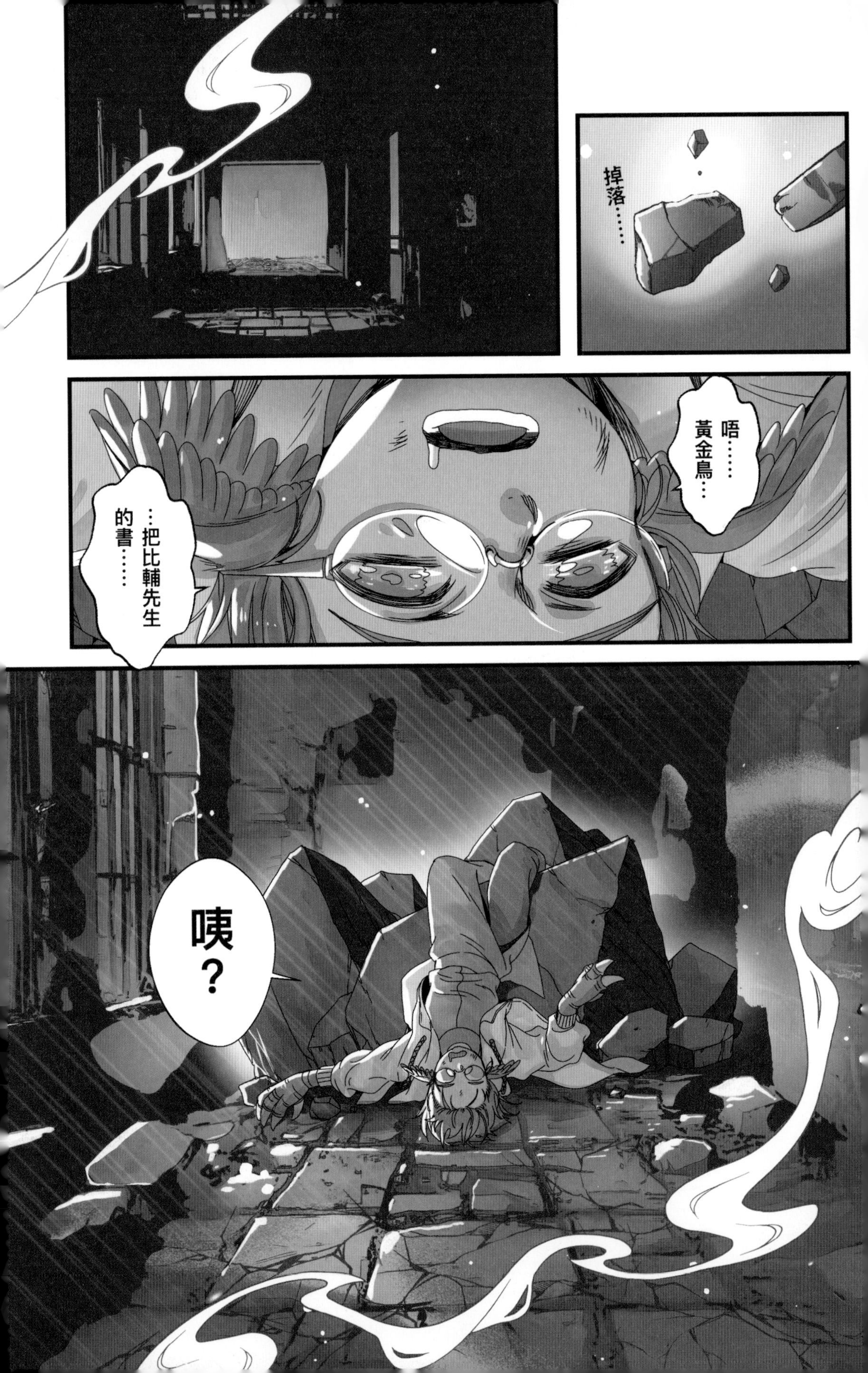
掉落……
唔……黃金鳥……
…把比輔先生的書……
咦？

這裡是甚麼地方……
對了，我好像跟慶哥來了博物館……
然後……頭好痛，好像撞到頭了……
所以我是在做夢嗎？
唔…
郁動…
這是甚麼？
爪子？

耳朵也好像怪怪的！
我還在發夢？
用力拉扯！
哎呀！好…好痛！
咦咦咦咦，感覺太真實了！
我的手和耳朵是怎麼一回事！

從地上撿到了這個東西…
唔…
聽說神祇能夠穿梭於不同的次元，通過夢境來連接…
明夷鳥的羽毛…絕對要拿給比輔先生看！
啊！
現在好像不是關心這個的時候……
先藏起來吧！

現在的當務之急，是要先找到慶哥！
這家博物館比外表看上去還要大很多……
就算四處已經變得破破爛爛，仍然像個迷宮…
慶哥！
他該不會已經被假館長…
不…如果她已經殺了慶哥，不可能放過暈倒的我！
！
咔…

嗚哇，是地震！
！
呼…差點被活埋了！

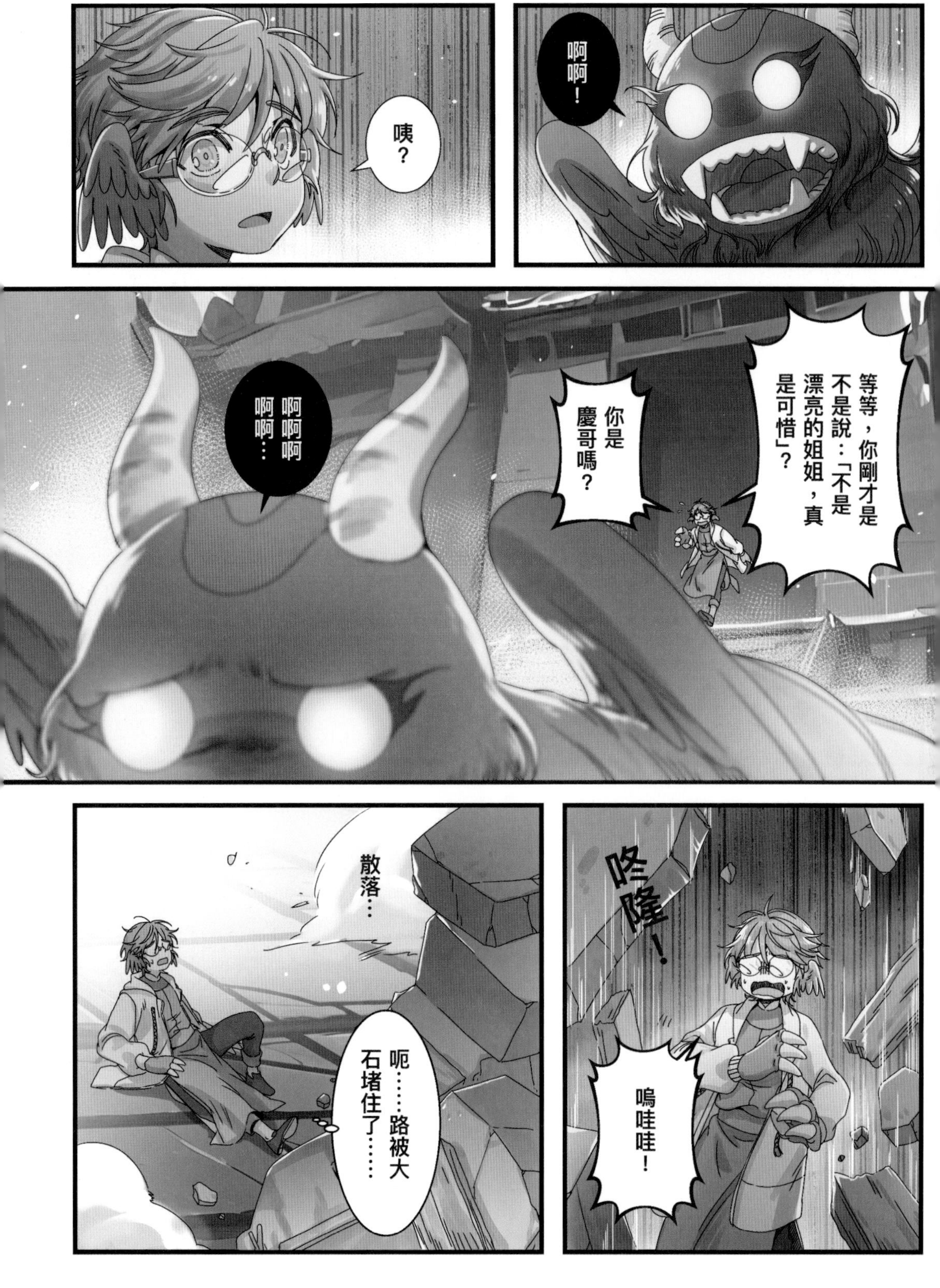
啊啊！
咦？
等等，你剛才是不是說：「不是漂亮的姐姐，真是可惜」？
你是慶哥嗎？
啊啊啊啊啊…
咚隆！
嗚哇哇！
散落…
呃……路被大石堵住了……

看來要找別的出口……
咦！
甚麼聲音？
咔啪……
是由於剛才的地震，被壓着了嗎…不，應該是更早之前……？
假……假館長！

呼……臭小鬼！
我……我一定要……
搖晃……
！
……
假館長，請不要亂動，這樣下去，上面的石頭會被塌下來的！
我先把石頭搬開，把妳救出來吧！
為什麼……我是來殺你的……
不趁機逃走嗎……

嗚…
就算如此…父王一直以來…教導我…連山氏的原則！
如木一般…用仁慈的心…來對待別人…
……
有人在我面前受傷…我又怎可以…見死不救？
呃！
原來我這麼大力嗎？
假館長，妳為何一定要殺我？
是不是跟我變成這個樣子有關係？
等等，我很快會救你出來！

咦，假館長？
……
妳沒事吧，我…我出去會馬上找人過來！
血是「氣」的載體，我失去太多血了…
小鬼…你知道世上萬物皆由「氣」所組成吧？
「氣」聚則生，「氣」散則死。
「連山」作為神祇的後代，你現在的樣子，才是你本來的面目！
甚麼？
小鬼，你知道「人」和「神」的分別嗎，那就是神可以自由驅使「氣」。

可是，我怎麼可能是神？
能夠輕易地把石頭搬開，一般人是不能輕鬆做到的！
但是就算是神祇，像你這樣弱小的，應該也很少見！
神是以「氣」為食的野獸！
人類只需要從食物中吸取氣，可是神的力量很強，需要的氣就龐大得多！
原初神在人類誕生之前已經存在，祂們與天地共生，從日、月、湖泊汲取精華作為糧食，喜怒無常，只遵從本能來行事。
人神還共存的時代，人類敬畏神，但是在神祇絕對的力量面前顯得渺小，甚至被當成糧食。

如果原初神的首領「木之王」代表生機和繁衍，那麼必然有一個與之相反的存在。
也就是殺戮與死亡之神「金之王」。
「金之王」跟人類達成協議，與部分人類分享神的力量，開始了原初神跟人類神之間的戰爭。
凶惡的金木交戰，除了是兩位神祇之爭，也是人類和自然之爭。
作為人與神之間的橋樑，巫覡也分成不同的立場！

可是，原初神掌管的是自然運作的秩序，沒有祂們，也就沒有人類啊！
金木之王的戰爭，早就擾亂了秩序。
萬物之氣，通過太陽來到地上。
甲 乙 丙 丁 戊 己 庚 辛 壬 癸
「理」是「氣」的運作的秩序，「十天干」就是十個太陽的「理」。
大部分原初神因十個太陽同時出現而暴走。
木之王把「巫具」——弓和箭賜予英雄，令他暫時得到與神匹敵的力量……

太陽消失以後，人和神原本都要在黑暗中消亡，世界進入混沌，然後重生。
但是古代的「巫」不知動了甚麼手腳，把神隱藏在人類之中。
對啊，畢竟已經不能從天上吸收到足夠的氣來維持本來的形態，只可以化成人類。
但是祂們不是真正的人類，當極度渴望「氣」之時，就會變回原形。
吸收氣的載體，大概沒有甚麼比人類更加好了。
現在我很好奇，最後一個太陽永遠消失了！
!
作為原初神後代的你們，會做出甚麼事呢？

現在不是晚上，
而是太陽消失了！
糟糕，雖然不知道巫覡幹了甚麼⋯
但是太陽消失的話⋯天地的氣就會變得非常混亂，跟一千年前一樣，原本是人類形態的神祇，就會陷入暴走！
慶哥！
現在必需要馬上找到慶哥！

對了，那邊有一口井！
水⋯
咦，假館長妳很難受嗎？
給我水⋯
水⋯
請等我一下，我馬上去取水來過來吧！
噗通！
拉⋯

水來了！
我聽說生病或受傷，補充多一點水分會有好處。
假館長妳還好嗎，我出去馬上找人過來！
……
咦，假館長妳在說甚麼？
我說，你真是一個傻子！
噗啦！
「氣」是物質的構成基礎…所以從外來的東西補充「氣」…

身體不就可以回復原狀了！
小鬼，我有說過，我是來殺你的吧！
可…可是人類…的話…怎麼可能…回復啊…
看在你救了我的份上…
我會令你死得乾脆一點！

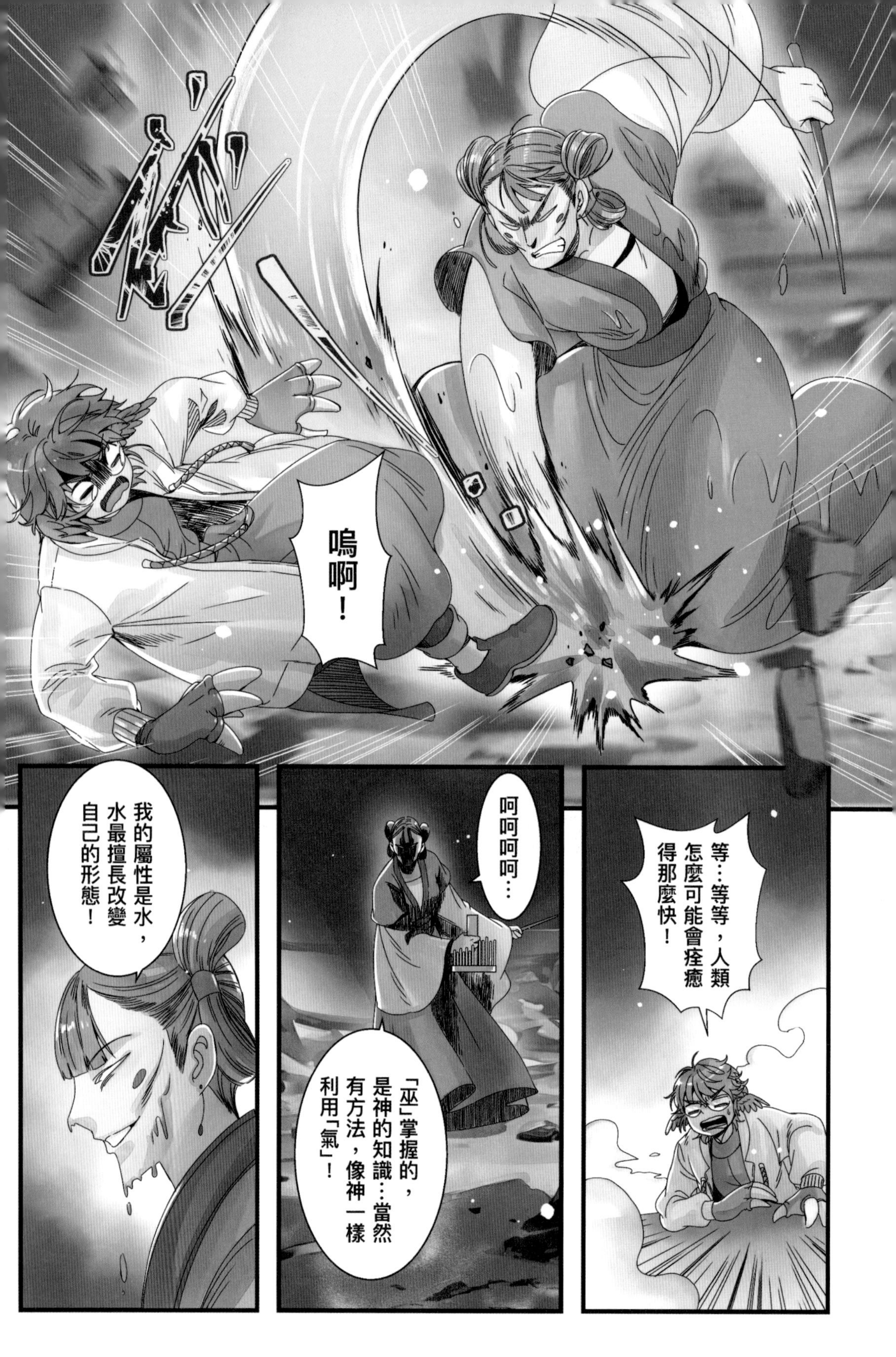
嗚啊！
等…等等，人類怎麼可能會痊癒得那麼快！
呵呵呵呵…
「巫」掌握的，是神的知識…當然有方法，像神一樣利用「氣」！
我的屬性是水，水最擅長改變自己的形態！

所以，變成其他人的樣子，也是易如反掌！
沙…
而且只要有水，把「水之氣」用來回復自己的身體，也不是難事！
怎麼可能，妳不是說，只有神才會利用「氣」嗎？
只要我手上有「巫具」，就可以行駛神的力量！

自從一千年前，神祇消失以後，世界沒有神的看管，人類就開始戰爭不斷。
我跟妹妹所出生的雨師妾國，一直以來信奉水神，同樣在戰爭中滅亡。
可是，就算失去家園，變成流民，我們心中一直沒有放棄信仰。
那時候天真地認為，水神如果沒有離開的話，我們的家園就不會摧毀。
哎呀，真是可憐呢！
要不要進來休息一下？

直到，我們成為奉獻給神的祭品。
給我水…
唔？
咦！
給我水！
水…水…
呼！
不夠，完全不夠！
咚！

水，我聞到有水的氣！
不…不要過來！
啊！

真是麻煩，為甚麼制服的底色是白色呢？
被血淺到的話，會很難洗掉，下次我一定要說服小齊換掉設計！
希望今次狩獵到的傢夥會有用一點！
哎呀，是屬水的孩子呢！
是奴隸還是流民？
這些傢伙為了不引起注意，會特地挑選死了也沒關係的人，當成食物呢！
求…求妳救我妹妹吧，我甚麼也會做的！
求求妳，她是我唯一的親人！
不行啊，她已經被「吃」掉了，雖然軀殼還在，但沒有「氣」，就是死亡！

哎呀，真是可惜，我最喜歡屬水的孩子了！
那麼我問妳，妳恨奪走妹妹的傢伙嗎？
當然，枉我如此相信祂們，但想不到祂們是會吃人的怪物！
沒錯，可惜的是，就是這樣的傢伙一直在拿管着自然的法則！
所以，不如把祂們的力量搶過來，讓人類代替祂們成為神！
跟我一起把祂們變成人類的祭品吧！

把神的身體部分製成「巫具」，就可以得到神的力量！
就如同我手上的水琴一樣！
晉之國的巫術一直集中在器具的發展，就是為了研究「巫具」的製作方法！
放心吧小垃圾，你死後我會把你製作成比現在更有用的東西！
原本只是收到命令來殺你，卻想不到有意外收穫，果然在茅茹小姐的器物上加上巫術是正確的！
這個博物館，有不少上古寶物，可以變成製作「巫具」的珍貴材料！
是那個時候…
你們利用了茅茹…

有一幫和我們巫覡的理念完全不同的傢伙，自稱「遺跡的守護者」，極力反對巫覡的研究方式…
雖然比輔做到滴水不漏，可是你卻不同，對巫完全沒有戒心！
只要通過茅茹小姐來接近你，找到那幫人藏起來的東西，就容易得多了！
反正他們大概凶多吉少了，把那些東西留給我們，不是更好嗎？
是我的錯！
你們…對比輔先生，還有我父王…做了甚麼！

不要着急，我現在…
嘡！
嘡！
嘡！
嘡！
嘡！
馬上送你去見他們！
要結束了嗎…不行…我還沒找到慶哥，而且我也答應了比輔先生…

好痛！
！

我還不可以死！
颯！
呃，沒有死…
葉子？

哈哈哈哈哈！
你看起來實在太弱了，忘記留意你的屬性，
再怎麼說，你也擁有神祇的血統！
看上去是木…水生木…有一點麻煩呢！
這人是水…
剛才的水攻擊，我無意中把水氣轉化成木氣，減少了傷害！
木對上水的話，就算我再弱也好，應該也算是比較有利！

每個人天生都會有一個五行的屬性，是從出生那天的「天干」來決定。
不過，就算是相同的屬性，也有強弱之分。
所謂的強弱，就是指天生對於自身屬性五行之「氣」的容量。
「氣」過強或過弱，都是有危害的！
強的「氣」需要有發洩的出口，不然當能量積聚過強……
就會發生災難。
相反，弱的氣可以從外界補充，如果能量過弱，同樣也會有危害。

可是，人類屹立在天地之間，「氣」也會隨着環境和時間而有強弱變化。
如果把握到時機，也可以從弱轉強！
五行強弱，大概可以分做五個狀態，隨着四季而變換……
木
旺
相
休
囚
死
以木為例，春天的木是最強，秋天的木則是最弱！

*這傢伙的話， 大概不可能。

我知道你在想甚麼，但是死心吧，我會讓你輕易逃掉的！
這小傢伙仍然維持人型，大概是由於力量不強，只是弱小的木，「氣」的容量十分有限！
可是，另一隻就不好對付，而且是剋制水的土屬性，所以剛才我才變得如此狼狽！
無論如何，先收拾掉眼前這一隻，絕對不可以輕敵！

當!
噹!
噹!
噹!
噹!
噹!
咦?又…又來!
咻!
嗚哇!
碰!
呼……打偏了!

沙
不，她的目標本來就是水井！
水能夠生木，是在比例相當的情況之下，但是如果水比木大很多呢？
植物就會被淹死，對吧！
！

水一直以來都是陰氣的精華，所以在晚上水的力量會特別強！
現在太陽消失了！
就算只有一點點的水氣，也可以達到驚人的效果！

哈哈哈哈，看你逃到哪裏去！
啊啊啊啊！

嗚嘩啊啊，這個太犯規了！
不行，水太強了，根本來不及轉化！
咦！
噹！

這樣下去，會被打中的！
嗄啊…
不行，這個時候要更加冷靜！
現在假館長佔據了天時，又利用水井製造了地利，增加了自身的力量…
只要水氣大比例地超越木，作為弱木的我就完全沒有反抗能力！
對了，我也增加木氣不就行了！
沒錯，只要木也增加了，就可以泄掉水氣！

!
對了，前方有樹林！只要到達樹木茂盛的地方，就可以借助草木來吸收過多的水氣！
咚！
只要跑過去就成功了！
噠噠噠…

再…再跑快一點…可惡，我不擅長體力勞動啊！
快…快到極限了！
啊啊啊啊啊！
啊哈哈哈哈哈，看你往哪裏逃！
嗚……
碰！

哎！
好痛…
沙…
今…今次完蛋了！
！

比輔先生說「心可以決定『理』是甚麼意思？
「理」就是規則…是指「心」可以定立規則嗎？
對了…「氣」是無形的…但是我們的心可以令它化作有形！
可以…試一試…

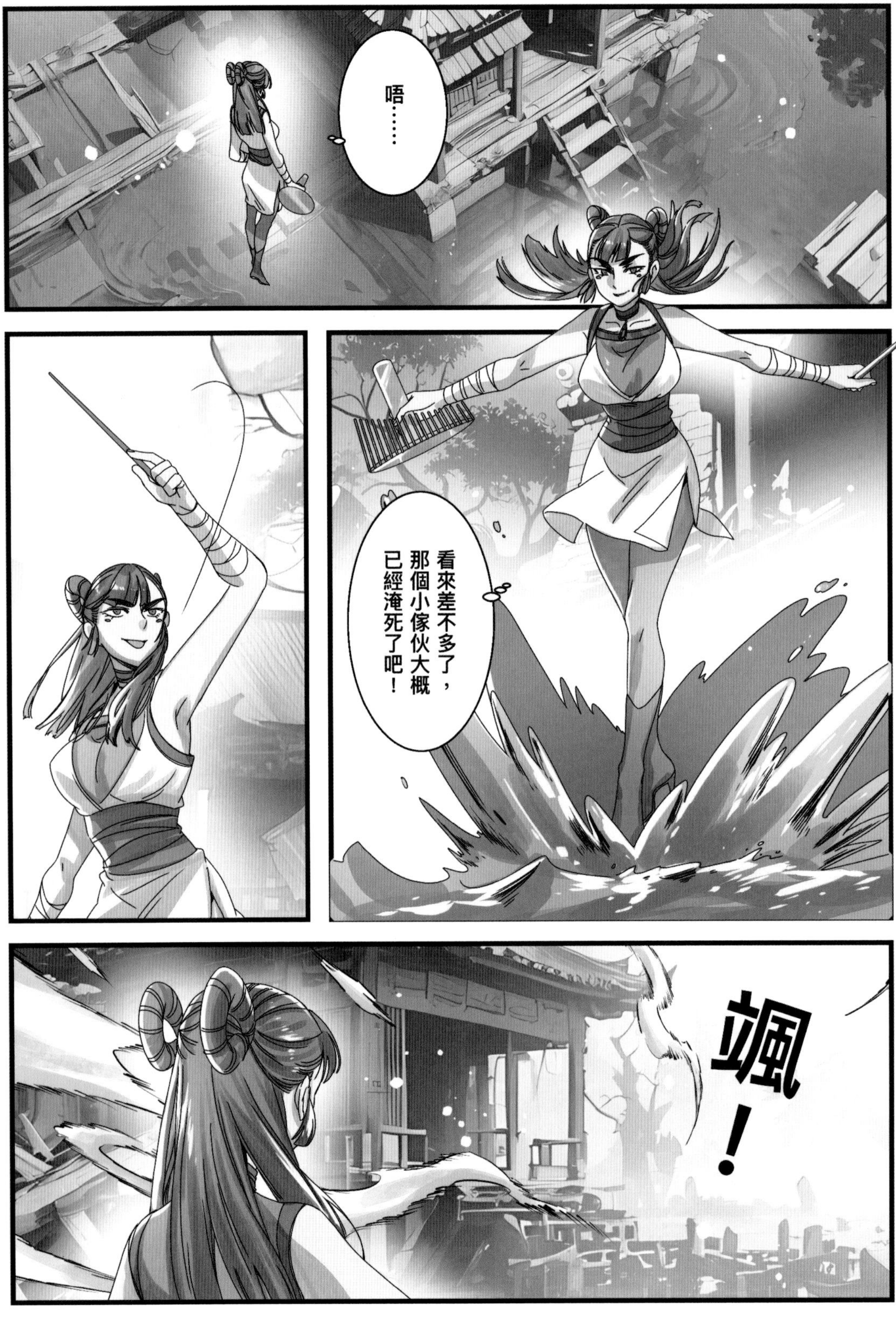
唔……
看來差不多了，那個小傢伙大概已經淹死了吧！
颯！

踏踏踏…
滴答…
哎呀，居然藏在石堆裏呢！
唔，還沒死…不過看上來也只差一口氣了！
搖晃…

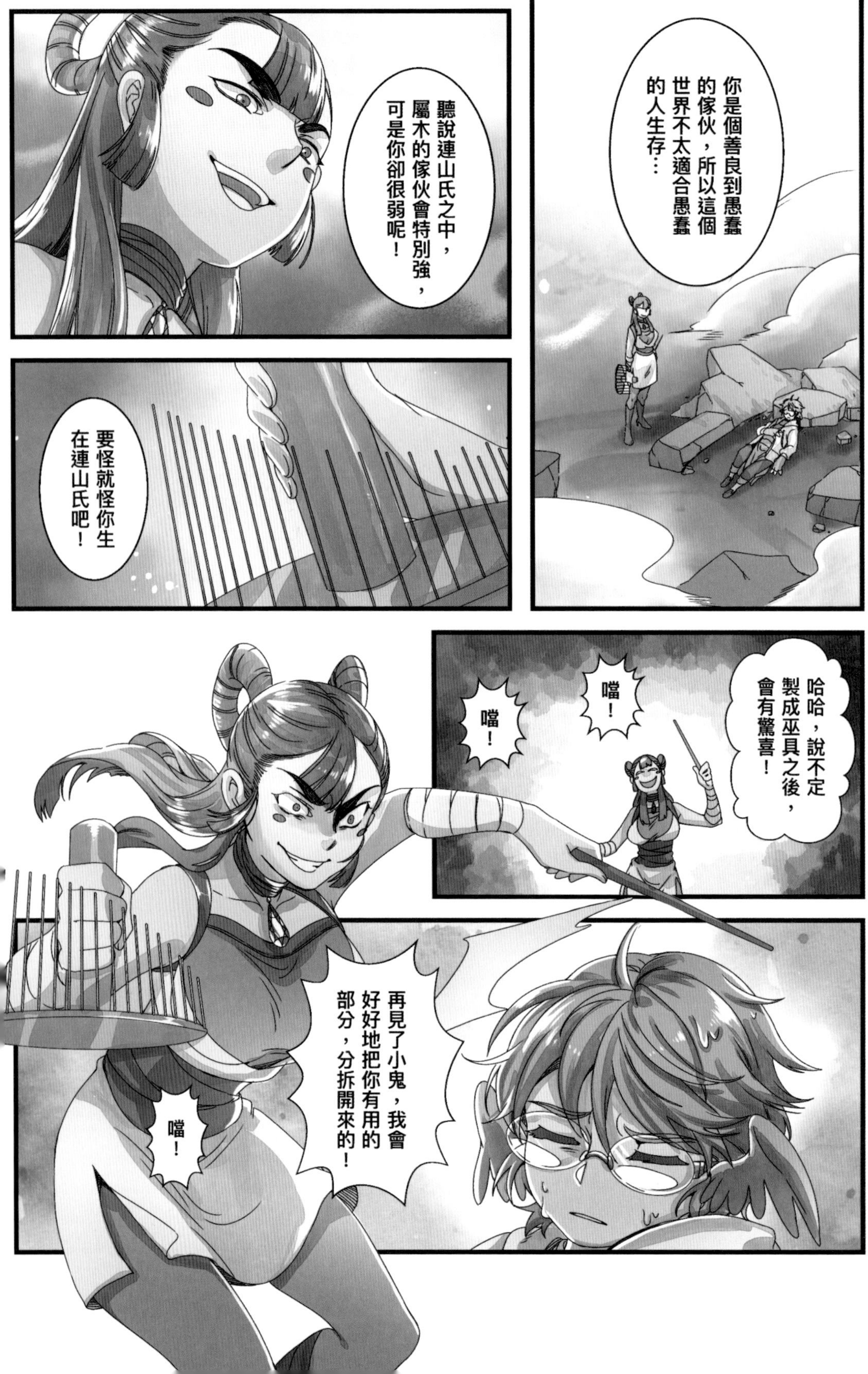
你是個善良到愚蠢的傢伙，所以這個世界不太適合愚蠢的人生存⋯
聽說連山氏之中，屬木的傢伙會特別強，可是你卻很弱呢！
要怪就怪你生在連山氏吧！
哈哈，說不定製成巫具之後，會有驚喜！
噹！
噹！
再見了小鬼，我會好好地把你有用的部分，分拆開來的！
噹！

?
纏繞…
!
啊啊啊!
碰!
怎麼突然間…
難道…
唔…

啊啊！
咚！
嘖！
你不是在一瞬間被水壓淹死了嗎？
哇！
想不到你居然還活着，而且有反抗的餘力！
不過沒用的，我比你強多了，不會令你再有機會逃走！
不…我不是想逃！
妳看看那個！
！
沙…

妳手上的水琴，是妳的力量來源，那麼只要令妳無法使用就行了！
妳使出的水壓是很強，可惜妳算漏了一個重要的因素！
怎…怎麼會！
雖然強水不可以生木，但是再加上土的話，那就另當別論了！
土能剋水，進一步減少了水氣…
隨着妳的多次攻擊，水會滲到泥土中而被折舊！

雖然妳利用了水井製造地利，可是這裏畢竟在山上，最多的就是泥土和沙石，土佔有比較多優勢！
原本大量的水氣，被土所剋制，就可以漸漸被木所轉化！
在剛才溺水時，我躲到石堆，然後把水轉化成了水中的植物……
臭小鬼…
難…難不成，他在短時間內就掌握了「氣」的使用方法？
用水氣變成木氣，再補充給自己……
善用環境…這招是跟妳學的，假館長。

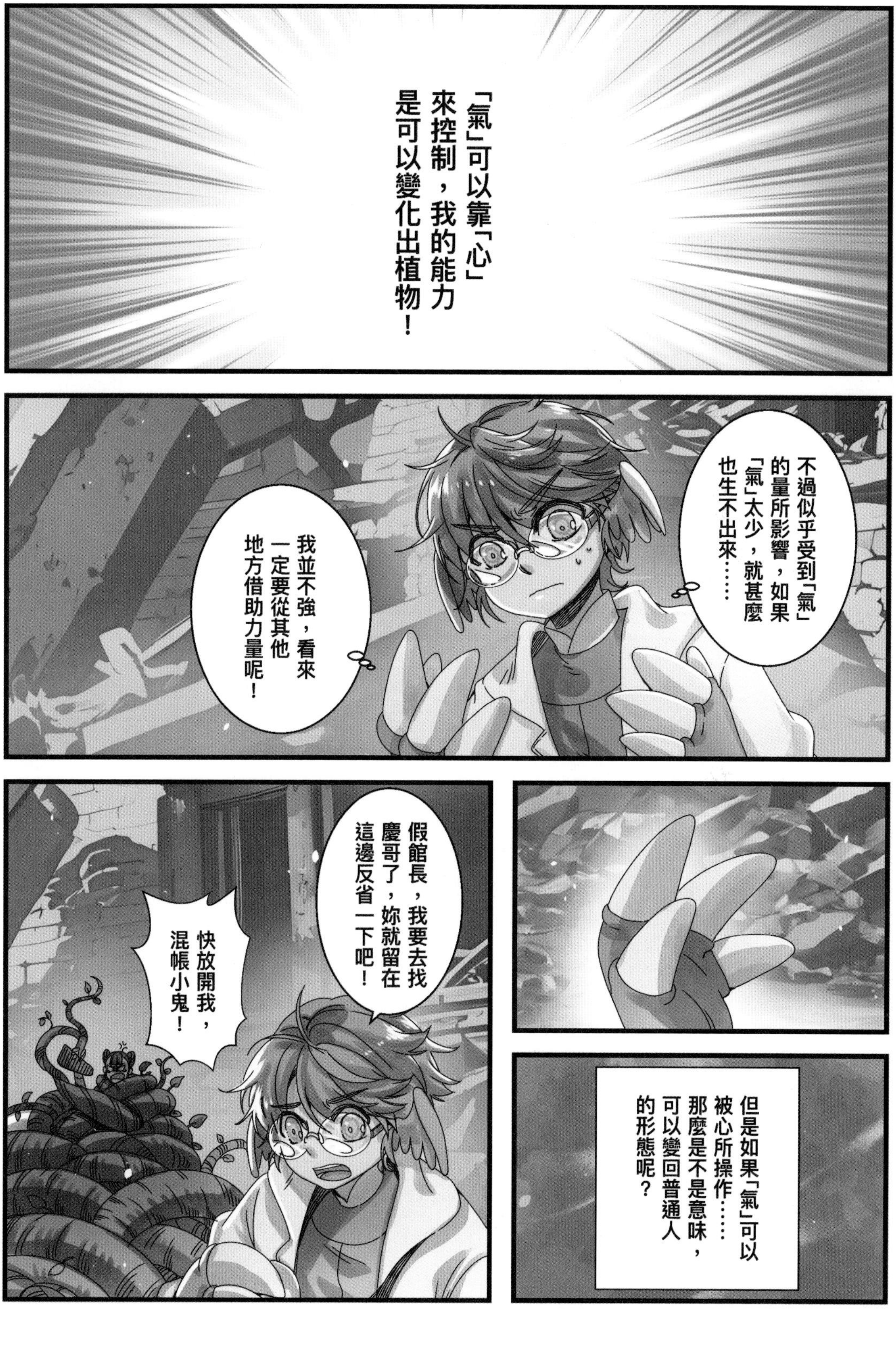
「氣」可以靠「心」來控制，我的能力是可以變化出植物！
不過似乎受到「氣」的量所影響，如果「氣」太少，就甚麼也生不出來……
我並不強，看來一定要從其他地方借助力量呢！
但是如果「氣」可以被心所操作……那麼是不是意味，可以變回普通人的形態呢？
假館長，我要去找慶哥了，妳就留在這邊反省一下吧！
快放開我，混帳小鬼！

可惡！
任務失敗了，女丑小姐絕對會生氣的！
該死，完全是因為我太過愚蠢了……
哼！
噠……
不過不要緊，晉之國已經被我們巫覡所掌控了！
外面有的是要把你置之死地的人！

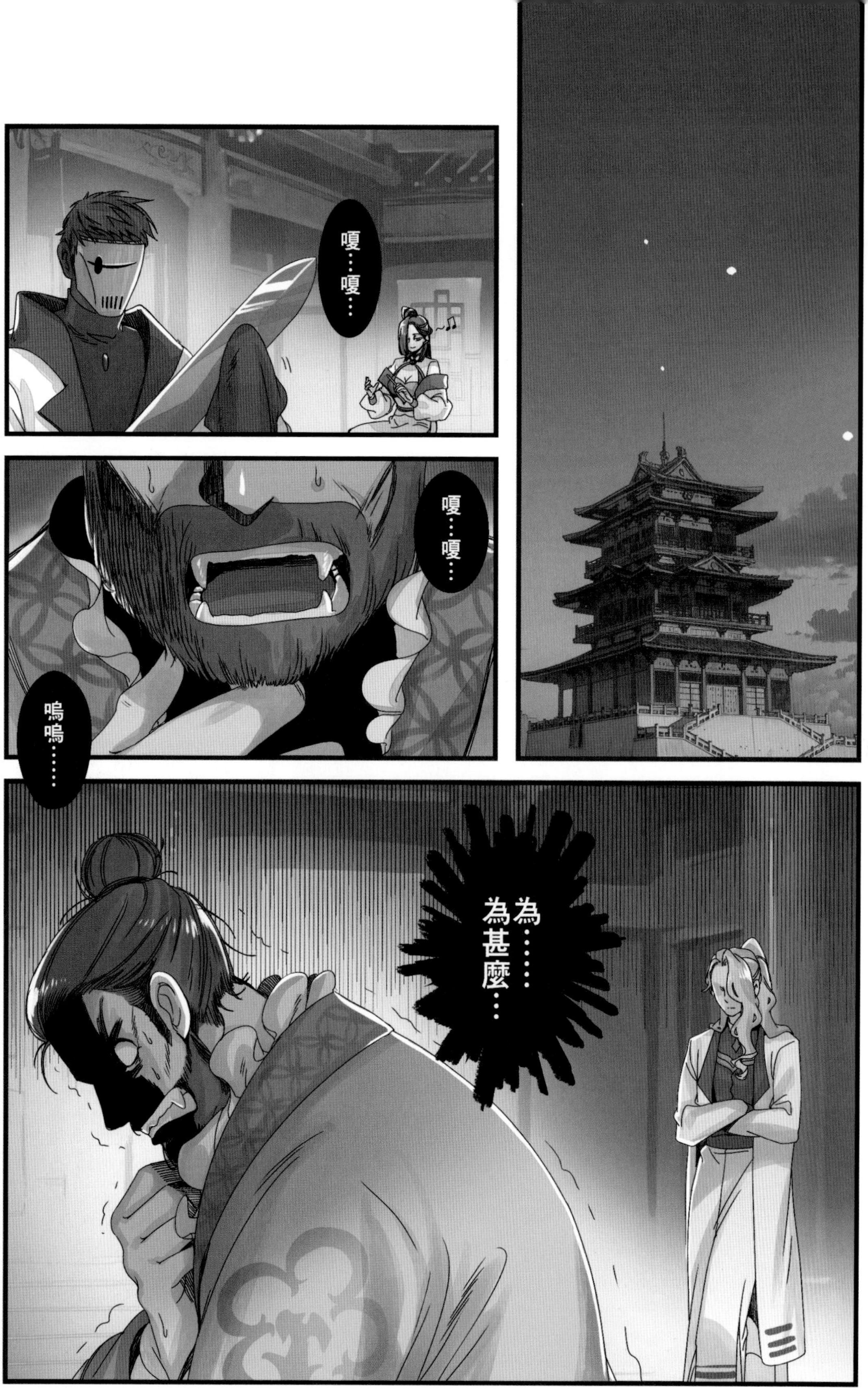
嗄…嗄…
嗄…嗄…
嗚嗚……
為為……
甚麼…

帝戊，從你決定利用我們巫覡，來壯大晉之國那天開始……
就應該會預計到事情會到達今天的地步。
用純粹的仁慈之心來管治世界，除非有壓倒性的力量，否則根本不可能做得到！
因為令人信服的不是「仁慈」，而是「力量」，你應該比任何人都清楚……
連山氏是作為神祇之後，才被選為「共主」的，可是你們並不能夠發揮力量！
可是，晉之國卻需要力量，用來對抗日漸壯大的周邊國家。
所以你需要巫覡，同時又害怕巫覡。

巫覡比任何人都要理解神祇，但巫覡終究是人類……
那一種對於自身命運不能掌控的無力感和絕望感，促使我們成為巫覡。
從漫長的歲月之中，我們試圖利用神的技術，擺脫神的掌控。
嗄啊……
晉之國注定要滅亡！
嗄啊……
現在已經是人類的時代，人類已經不再相信神了，自然不再信服晉之國這個共主。

連山氏已經有很多年沒有出現木的繼承人了，
就算有巫的介入，可惜那一位也只是有殘缺的孩子，不是嗎？
足以證明「道」不是站在你這一邊！
你…你想對無咎做甚麼！
啊啊！
嘎！
啊啊啊啊啊！

不……不要過來！
啊啊啊啊啊！
咕……
嗚……
咕啊！

老…老婆？
咦…
等等…牠…牠剛才喚我「老婆」…
妳聽錯了吧，這只不過是牠的叫聲。
喂，把這玩意有用的部分拿走，然後把平民集中到西邊避難吧！
知道！
啊啊，甚麼時候才可以下班啊！
……
拜托，你上班才不到一個時辰！

糟糕，現在街上到處都是巫覡，如果被發現的話，一定就凶多吉少！
慶哥…比輔先生、父王…還有茅茹…他們現在還好嗎？
祭壇那邊一定出了大事……
到底有多少人跟我一樣，身體出現變異？
我要盡快找到他們，然後告訴他們…意念可以控制外形！

雖然要維持手部已經很費勁，而且耳朵也藏不起來……
不過只要不被發現就好……
啪！
不可以害怕！
慶哥一定還在附近！
按照假館長的說法，大家是因為失去太陽，「氣」變得不穩定而暴走，所以關鍵是要先令他們回復理性！
現在變成原初神的人，會到處汲取「氣」！
一定要趁慶哥被巫覡發現以前喚醒他！

哈啊啊啊啊…
慶哥，你在哪裏！
咔嚓！
牠太大隻了，我們的攻擊都沒有太大效用，看來要找剋制的屬性過來才行！
為甚麼只攻擊錢莊？

牠是屬土的吧，必需要阻止牠繼續進食，分散牠的注意力吧！
唔？
啊哈…
啊啊啊啊啊！
可惡，為甚麼只追着我！
你們這一幫見死不救的垃圾混蛋，給老娘走着瞧！

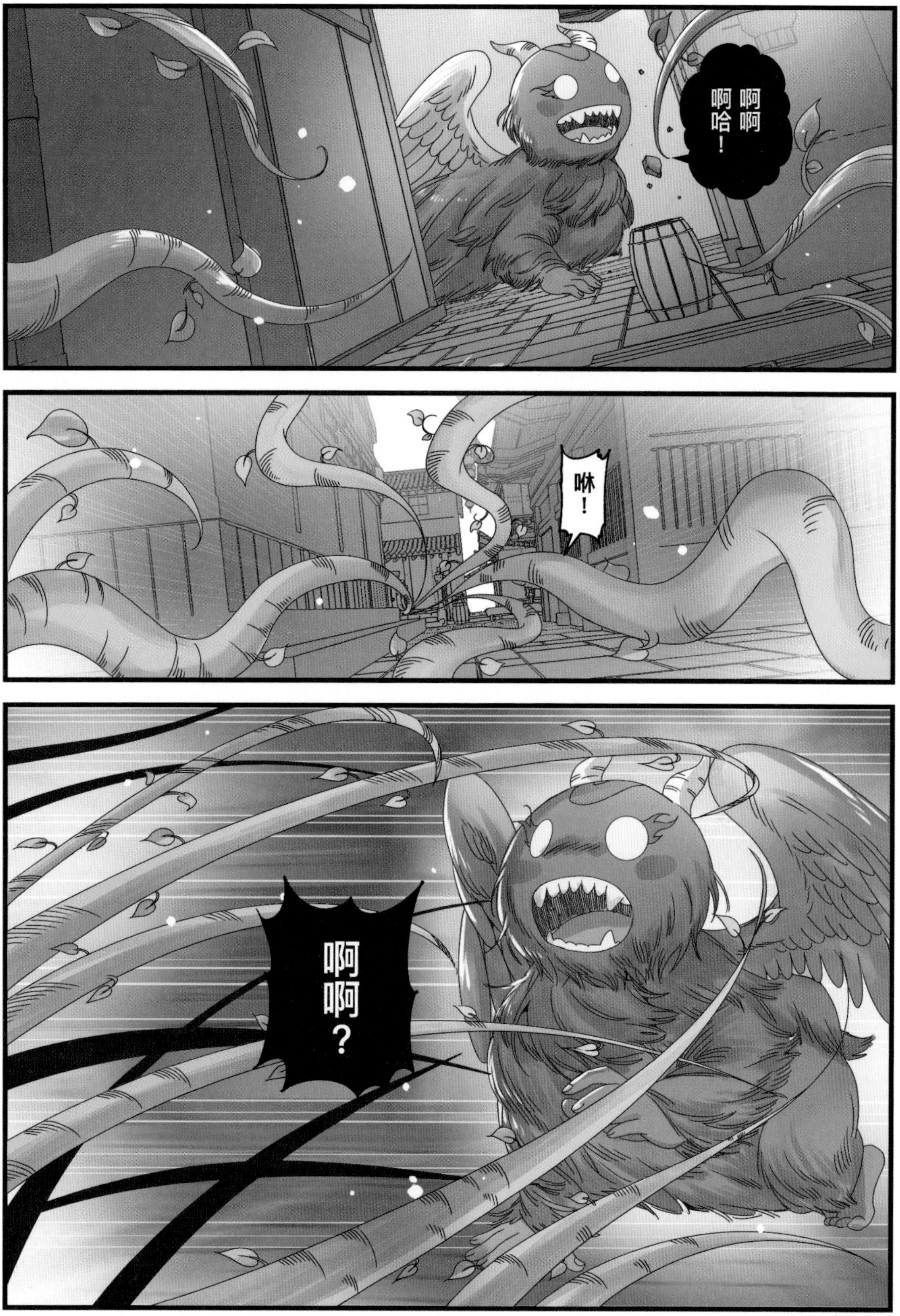
啊啊啊哈！
咻！
啊啊？

木…莫非是其他同僚？
啊，巫！
啊，小孩？
咻！
啊啊！
啊！
纏上！
非常抱歉啊，姐姐！
唔唔唔唔唔！

掙扎！
啊啊啊啊啊！
慶哥，你認得我嗎？
嗚…我是你弟弟無咎！
拜托你，快點想起你原本的樣子……
抱歉，我知道你現在非常不舒服，可是我不得不這樣做！
那些巫覡正在狩獵我們，如果不快點回復理智的話，會很危險！
我現在使用了街道上河流的水，可是撐不了多久！

碰！
嗚啊啊啊啊！
咦！
啊啊啊啊！
啊啊啊啊！
啊啊！
啊啊啊啊！
慶哥…你真的想不起我嗎……

啊啊啊嗚！
噠噠噠噠！
啊！
不可以再向前進了！
嗚哇哇哇！
媽媽！
慶哥，求求你，快停下來！
聽得見嗎？
嗚……怎麼樣他才會停！

嗚？
掉落…
嗚哇哇哇！
啊啊啊
碰！
啊啊啊啊！
唔！

快點逃，西邊比較安全！
嗚啊啊啊，媽媽啊啊！
啊啊啊啊啊！
！
啊啊……
嗚……
咦？

呃？
慶哥…你…你終於想起我了！
啊啊啊啊啊！
對，我是你弟弟…但我不蠢……
沙……
太好了，請等我一下，我告訴你回復原狀的方法！
啊唔啊！

看這個…原初神可以通過意念來控制物質，所以如果要改變形態，必須要仔細地想起自己原來的樣子！
看着這個…你有想起自己的原貌嗎？
……
啊啊啊啊啊！
呃…
抱歉，我知道……我畫得太垃圾了…
嗚…
那麼，你可以想辦法變得小一點嗎？
啊啊啊啊…
你的體形太大了，這樣很容易成為巫覡的目標！

噗！
咦！
滲出⋯⋯

碰！
啊？
慶哥？
呃……呃……？

不好好聽話去避難，跑到這裏來添麻煩…小心媽媽打你屁股啊！
……
那東西很危險的，不要靠近！
嘖，所以我最討厭照顧小鬼！
等一下我找人帶你去安全的地方吧！
落下！
不過在此之前，你要先解答我的疑問！

這些藤蔓是怎麼來的，可以使用這種力量的，只有巫覡和原初神吧？
你是覡嗎，可是你的「巫具」在哪裏呢？
唔，那件外套頗像我們巫覡的制服呢……
可是這個款式，在晉之國本來就很流行啊！
這個人好可怕！
是剋制木的屬性…
把帽子拿開，給我看看！

完……完全沒有逃走的空隙！
哈，我還以為原初神都是野獸呢，想不到還有這麼接近人形的！
不過，上面下了命令要誅殺原初神，我就只好照辦了！
我要感謝你，聽說這傢伙怎樣也捉不全，有你牽制牠，現在變得容易多了！
牠還沒那麼易死，現在只是暫時牽制了牠的行動……
喂，一目小姐，快點動手！

碰！
我們這邊，也找來木屬性的人呢！
！
雖然也可以用「金」來慢慢消耗牠，可是這樣太麻煩了，而且這裏四處也是沙石！
不小心讓牠回復了，就麻煩了！
用「木」來制「土」，然後再用「金」來攻擊，才是最方便的！

好了，我會順道
連你一起劈開的！
又怎麼了！
颯！
！

啊！
！
甚麼！
嗚…
啊？
無咎哥，你沒事吧？
妳是…茅茹？

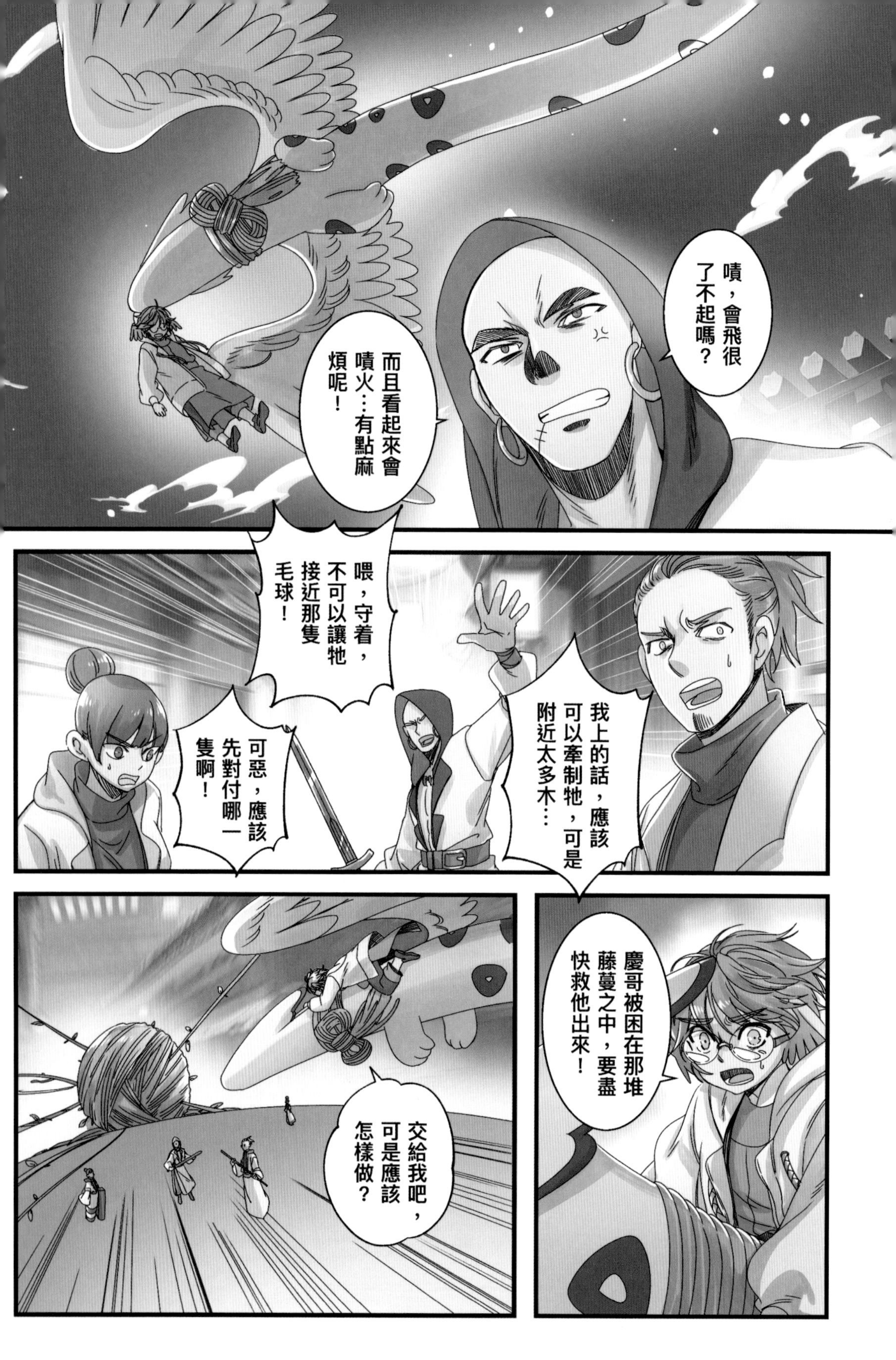
嘖，會飛很了不起嗎？
而且看起來會噴火⋯⋯有點麻煩呢！
喂，守着，不可以讓牠接近那隻毛球！
我上的話，應該可以牽制牠，可是附近太多木⋯
可惡，應該先對付哪一隻啊！
慶哥被困在那堆藤蔓之中，要盡快救他出來！
交給我吧，可是應該怎樣做？

妳會噴火吧！
朝着藤蔓噴火吧，木會令火更強，就可以生土！
知道！
好熱！
嗚……
裂開！
啊啊啊啊，太超過了嗎？

好痛！
慶哥！
混蛋阿慶！
啊啊！
嗚嗚，你沒事就太好了！
蹭…
擔心死我！
我們趕快離開這裏吧！

茅茹，父王和比輔先生…他們怎麼了！
他們逃出來了嗎？
抱歉，無咎哥…
喂，給我下來啊飛蛇！
去死吧，光頭大叔！
茅茹好不容易才逃出來……
可是…
祭壇那邊太可怕了，絕對不可以靠近！

嗄啊……
掉落……
是怪物，快點逃啊！
啊啊啊！

嗄啊…
啊哈哈哈哈哈！
咻！

呃…父王？

齊大人！
齊諧大人！
巫覡大人們打敗了怪物！
……
原來是這樣嗎……
從喜怒無常的神祇手中…拯救了晉之國……
從而擊潰晉之國人民的信仰……

嗚……明、明明可以一直和平共存下去…為什麼……
嗚嗚嗚……爸爸他為什麼要這樣做……
如果我早一點發現的話……
這些絕對不是茅茹的錯，而且現在也不是傷心的時候……
無咎哥，比輔先生要我把這個交給你！
那個夢境…果然是比輔先生最後的道別嗎？

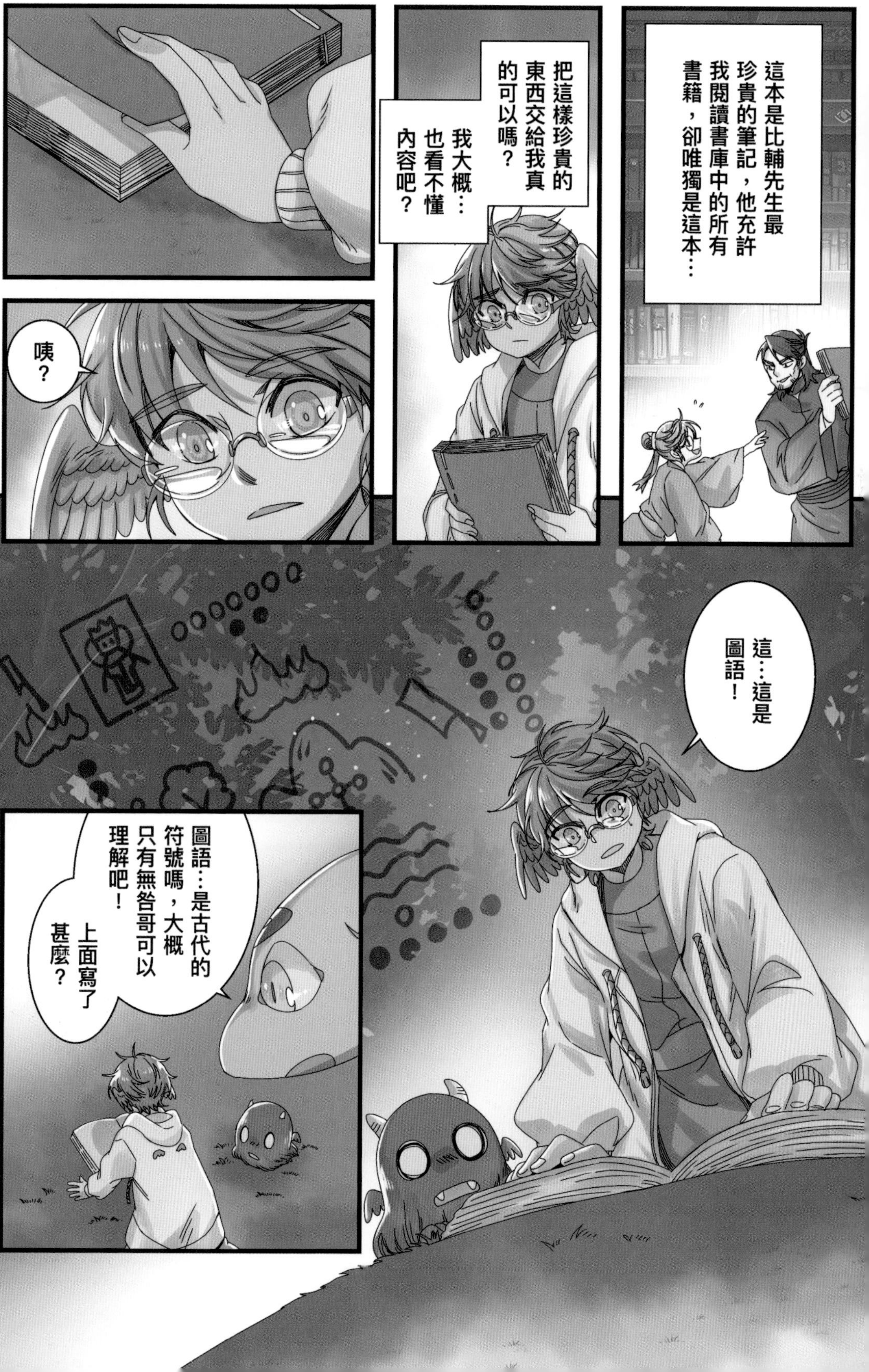
這本是比輔先生最珍貴的筆記，他充許我閱讀書庫中的所有書籍，卻唯獨是這本…
把這樣珍貴的東西交給我真的可以嗎？
我大概…也看不懂內容吧？
咦？
這…這是圖語！
圖語…是古代的符號嗎，大概只有無咎哥可以理解吧！
上面寫了甚麼？

……
啊！
茅茹，比輔先生說，要我們前往南方的青丘森林，對吧？
他曾經對我說過，光明的盡頭就會產生黑暗，這是「道」的法則，
而現在，世界已經陷入黑暗了。

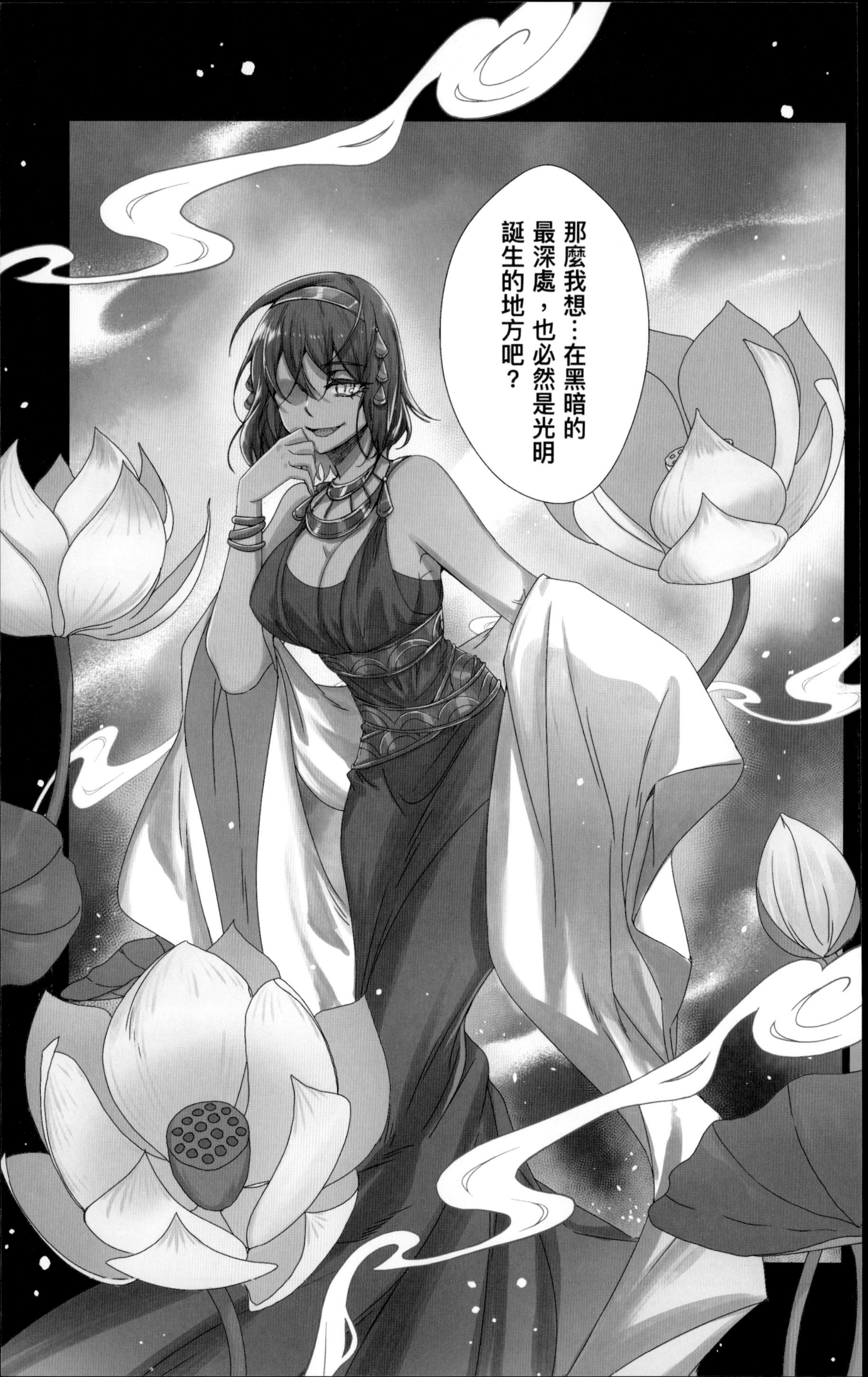
那麼我想…在黑暗的最深處，也必然是光明誕生的地方吧？

作者的話

來到《明夷之國》第二期，已經買了第一期的朋友，感謝你們繼續支持這本漫畫。在繪畫第一期的時候，就已經決定了用有限的資源來做這本書，畢竟這個主題需要一定的篇幅才能夠表達清楚，由於不算是短期計劃，我都一直在摸索，怎樣的創作才可以保持常態。

從接觸這套陰陽五行的理論開始，到逐漸了解《易經》的義理，已經過了一頗長的時間，這是一個大量的資訊投入過程，所以我也需要一些東西，把這些資訊都整理一下，只是相比起書寫，我比較擅長用漫畫的方式來表達而已。說起來最近發現了一件有趣的事，我老家的氏族，曾經出現了好幾位宋明理學家，他們當年也自成了一個派別，留下了幾本古籍，最近有人工智能，我也趁機把他們的古籍翻譯成白話文來看，獲益良多，看看可否從中得到些創作上的啟發吧。

當初是先決定畫這本漫畫以後，才出現「港漫動力」這個計劃的，很感謝這個計劃，我才可以下定決心開始製作這本書，畢竟萬事起頭難嘛。畫漫畫本身不算是困難的事，做一本書由製作、排版、設計、印刷到發行都需要獨力完成和跟進，摸索這些範疇比創作本身更花心力，畢竟在其他地方想畫漫畫，考慮的是怎樣投稿，而在香港就要考慮的是怎樣創業，所以畫第一期時，都要請助手小靈幫手畫背景和上色，令我有時間處理行政問題，不過從今期（第二期）開始，就回歸到本質，自己完成了。

來說說設定吧，《明夷之國》的「明夷」來自《易經》的第五大難卦，是光明消失，「君子」在黑暗中處於危難的一卦。「君子」一向是易經的主角，所以這個故事有兩個主角，分別是「金」和「木」，因為我一直都在思考，到底「君子」是「金」還是「木」。「木」是「仁」，「金」是「義」，但自古仁義兩難全，而且「金木交戰」是最凶險的格局，因此古代有「遁甲」（把木藏起來避免被金傷害）的法門，但同時，《易經》中「乾」卦是屬金，也指「君子」，所以我想「君子」大概同時有「金」和「木」的特性吧，反正人性本來就很複雜矛盾的。故事主線在第一期就分成兩條，無咎線和幽人線，除了怕內容太深，難以消化，也有希望兩位角色戲分持平的意味。

由於本身有陰陽五行的根底，所以在查看古書時，看書的角度會有些不同，會啟發很多有趣設定，比如在查看「明夷」卦的爻辭時，得到十個太陽和黃金鳥的故事，《山海經》和《淮南子》會啟發到金木之王的設定之類，四眼傻子無咎的形象，也是參考木神句芒呢。

「易學」是一門大學問，現代人要理解有一定門檻，所以我的目標，也只是透過主角幾個小孩，來探討一下世界。今期填補了以無咎為主線的劇情，有機會的話，下次再見吧。

BY 君不見

歡迎關注我的Facebook和IG

mimitsoi_hk

mimitsoihk

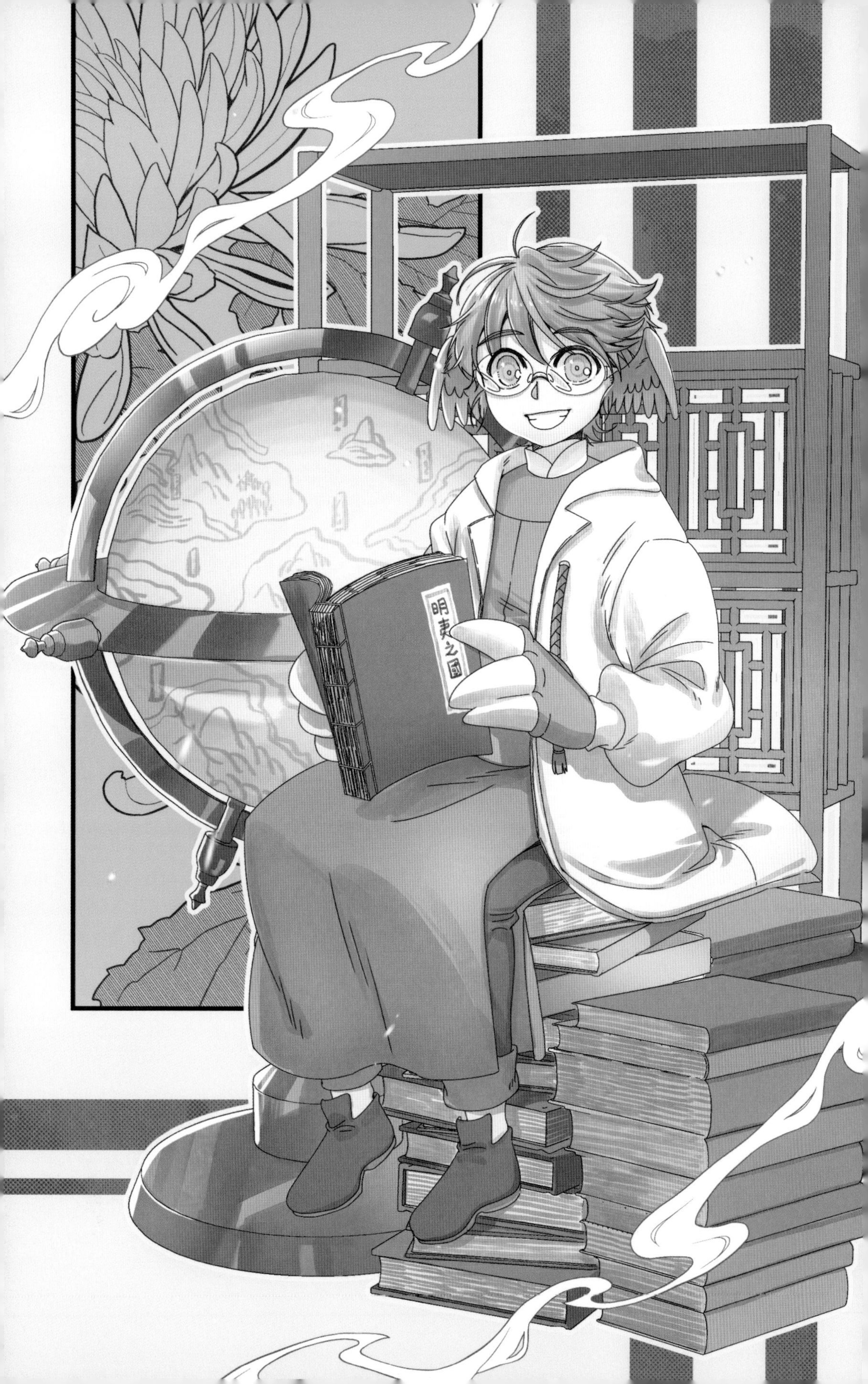
明夷之國

明夷之國 第二期

君子于行

編繪：　君不見

監修：　智慧老人

出版：　墨筆製作有限公司

官方網頁：　https://www.inkpen.hk

查詢電話：　（852）9751-9876

電郵查詢：　info@inkpen.hk

印刷：　新世紀印刷實業有限公司

書店發行：　泛華發行代理有限公司

漫畫店發行：　漫畫批發市場有限公司

ISBN：　978-988-76477-4-4

初版：　2024年7月

定價：　HK$118

香港印刷及出版

The Land of Ming Yi by Mimi Tsoi